SV

Marieluise Fleißer

Die List

Frühe Erzählungen

Herausgegeben und
mit einem Nachwort
versehen von
Bernhard Echte

Suhrkamp Verlag

Erste Auflage 1995

Druck: Wagner GmbH, Nördlingen
Printed in Germany

Inhalt

Willys Unternehmung

Der kleine Willy hatte es gar nicht gut und schlief in einem Bett mit vier Buben, die alle seine Brüder waren, und wenn die meisten sich glücklich in den Schlaf hineingefunden hatten, war immer einer da, der nicht genug Platz hatte und die andern wieder aufweckte. Wenn man ihn einzeln anschaute, war er ein leichter schmächtiger Kerl mit einem Kopf so hart wie eine Nuß, und in diesem Kopf machte er sich ständig seine Gedanken darüber, wer alles besser gestellt war als er selbst. Da stand er an einem Mittwoch auf einer steilen Dachstiege, die zu seiner Leute Zimmer hinaufführte, und hatte mit seinen sechseinhalb Jahren nichts weiter zu tun, als daß er Fliegen fing. Da diese gern über dem durchwärmten Holz schwirrten, hatte er bald eine ganze Hand voll beisammen, das konnte er also. Das stärkte sein Selbstgefühl sehr, angestrengt schaute er vor sich hin. Jetzt wäre es nämlich noch viel schöner gewesen, wenn er auch was anderes gekonnt hätte.

Denn wenn er seine Hand aufmachte und sämtliche Fliegen in seine leere Tasche hinein ausließ, so war die Tasche doch immer noch leer von Geld, wie andere Kinder es drin hatten, daß sie es im Hof herausziehen und vorzeigen konnten und sagen, wieviel man im Laden dafür bekam. Mit

Betteln hatte Willy es schon mal probiert, seitdem wußte er, einem Kind gab man höchstens ein Stück Brot oder einen Teller Suppe. Unlustig stand er auf der Stufe, in den Hof wollte er nicht immer, wenn er dort zurückstehen mußte, ins Zimmer zurück wollte er auch nicht, seit bloß mehr ein Stuhl darin stand, und der war für den Vater, wenn er nicht gerade herumstreunte, sondern im Zimmer um sich blicken und die Hände auf den Knien liegend gescheit daherreden wollte. Arbeit machte der Mann prinzipiell nicht, er bezog Unterstützung, und es war soziale Ungerechtigkeit genug, daß er vom Feld seine Kopfschüsse mitgebracht hatte, die sogar noch darin steckten. Einem jeden konnte er es mit klagendem Ton plausibel machen und sich hinstellen wie ein großes Opfer der Menschen, aber daheim hatte er seine Nachteile, und Willy zog schon den Kopf ein, wenn er an den schweren aufgeschwemmten Kerl mit den weißhäutigen, eigentümlich durchweichten Gesichtszügen bloß dachte. Es war nie ausgemacht, wann der Mann im braunen Samtanzug schlecht aufgelegt war und wann man von ihm eine fing, ein Grund dazu brauchte auch nicht da sein. Zum Gehorsam erzog diese Methode nicht, Angst haben mußte man in jedem Fall. Der Sohn wurde manchmal direkt wagemutig vor diesem Phänomen.

Jetzt dachte er scharf nach, ob der Vater heute schon einmal ausgegangen war, weil er das zu was brauchte. Er schlenderte die Stiege hinunter, und wie er in die untere Gegend des Hauses kam, wo der Gangboden mit Linoleum belegt war und bei ihnen oben nicht, ließ er sämtliche Fliegen aus, weil er wußte, daß die Frau hier die Fliegen nicht mochte. So waren sie fast noch besser angewandt, als wenn er sie vor den Kindern eine nach der andern aus seiner Tasche hätte ausfliegen lassen. Von da an nahm er seine Gedanken zusammen, ein paar Stufen weiter unten bekam er Magengrimmen vor lauter Entschluß und ließ den Hof hinten liegen. Am ersten Laden ging er zögernd vorbei, der war ihm ein wenig zu nah. Andererseits mußte es ein Laden sein, der nicht zu weit war, damit man ihn dort noch kannte. Endlich hatte er sich für den richtigen entschieden und stieg den kleinen Steinabsatz hinauf und fing gleichzeitig mit der Ladenglocke zu weinen an, wobei ihm außerdem auffiel, daß sie sich inzwischen hier eine neue Glocke angeschafft hatten, die viel lauter ging. Ihm konnte es gleich sein, er war nicht zum Stehlen gekommen. Die Besitzerin war selber im Geschäft, und er stellte sich bescheiden unten an, damit die anderen vor ihm daran kamen. Er hielt ein und dieselbe Miene fest und schaute seine Tränen entlang, die ihm sichtbar über die Backen liefen, und fragte sich, ob er auch solange damit ausreichen würde, bis er daran kam. Zu seinem Schrecken kaufte eine Magd neben ihm Waschseife auf Vorrat, einen ganzen Berg. Und du, Willy, fragte die Geschäftsfrau dazwischen hinüber; sie hatte es in der Gewohnheit, sich immer schon den nächsten Verkauf vorher zu überlegen. Er dachte daran, daß es jetzt ernst war, und brachte es glaubhaft heraus, daß sein Vater an seinen Kopfschüssen gestorben war in der Nacht um halb zwei und daß die Mutter sich nirgends auskennt, und er geht jetzt herum und sammelt, damit sie Blumen kaufen können für die Beerdigung. Die Frau schlug die Hände über dem Kopf zusammen, sie kannte die Mutter und wußte, daß sie so schon nicht zum Neiden war mit der Kinderschar den ganzen Tag. Sie schob dem Buben ein Geldstück über den Ladentisch hinüber, und dann wollte sie alles noch einmal von vorne wissen, weil man sich so schön nebenbei vorstellen konnte, wie gesund man selber noch lebte. Er hielt das Geld fest und nickte mit dem Kopf bei jedem Satz und starrte sie an, denn wenn er wegschaute, würde sie ihm vielleicht weniger glauben. Kommen Sie doch hin, sagte er, und schauen Sie ihn an. Wie er ausgestellt ist. Damit hatte er sich direkt ins Unglück hineingeredet, denn die Frau versprach es. Sie begleitete ihn an die Laden-

tür und riet ihm auch, nebenan hineinzugehen, die geben ihm sicher auch was. Mein Gott, so ein Kind müssen sie auch noch herumschicken, sagt die Frau und seufzt ergeben.
Der Erfolg machte den Buben groß, jetzt ging er von Haus zu Haus, und so deutlich hörte er sich reden, daß er bald selber an den Todesfall glaubte. Fast war er fertig mit seiner Straße, da sah er vom unteren Ende der Häuserzeile einen braunen Anzug herkommen, den er kannte. Er wollte schnell um die Ecke, aber der Vater hatte ihn schon gesehen und rief ihm noch von weitem in wichtigem Ton was zu, wie er immer tat, damit alle merkten, daß dies seiner Kinder eines war, und Willy blieb eine ganze Weile stehen und starrte ihm gekränkt in seinem Erfinderstolz entgegen. Erst wie in einem Haus ein Fenster sich auftat und wer herunterrief, wurde es höchste Zeit. Er rannte, was er konnte, auf Seitenwegen in den Hof hinter, wo die Kinder um einen alten Amboß standen. Er zeigte ihnen das Geld so schnell wie möglich, zählte es vor ihnen ab und mußte noch einmal dazu ansetzen, bis er eine Stimme hatte. Es war mehr, als er dachte, aber er mußte andauernd umschauen beim Zählen, und es machte ihm nicht die rechte Freude. Eigentlich blieben ihm davon die Zähne leer, in einen Laden konnte er damit nicht mehr gehn, weil er da durch den Gang

mußte, und im Gang konnte schon lang der Vater sein.

Durch den Gang gehn dauerte nicht ewig, und bevor man sich gefaßt hatte, war der Vater schon in der Hoftür. Willy hob den einen Arm über sich und legte mit dem andern das Geld überstürzt auf den Amboß. Der Vater strich sonderbar sachlich das Geld in seine Taschen, und weil es so viel war, blieb er ruhig und nahm den Buben bloß im Vorbeigehn mit zu sich ins Zimmer hinauf und redete da eine Zeitlang auf ihn ein, wobei er verstockt in sich hineinschaute und dem Buben durchaus noch nichts tat. Dem langte es auch so, weil er nach diesem in alle Läden gehn und sich bei einem jeden einzeln entschuldigen mußte. Der Vater wußte, was sich gehörte, bloß das Geld vergaß er ihm wieder mitzugeben. Aber seine Prügel hat der Willy, wie das Geld einmal versoffen war, von dem beleidigten Vater doch noch bekommen.

Das kleine Leben

Die große Rosengasse hieß deswegen die große, weil es eine noch kleinere gab, aber eigentlich war schon die große keine ganz feine Gegend. So dachte die Tochter, wie sie einmal hinausgeheiratet hatte; sie hätte der Mutter gern nahegelegt, das bescheidene Haus mit dem kleinen Laden zu verkaufen und in eine feine helle Straße zu ziehen, wo sie gleich von der Haustür aus aufs glatte Trottoir treten konnte. Sie redete darum herum, weil sie die Alte kannte; dein Leben lang hast du gespart, sagte sie, und brauchst heute nicht mehr aufs Verdienen aus zu sein. Das hörte die Frau gern, daß sie nicht mehr die nächstbeste war und es ganz anders haben konnte. Aber zum Wegzuge entschloß sie sich nicht. Da war sie nun, wenn sie über den kleinen bleichen Stein der Schwelle ging, all die Jahre her daheim gewesen, und solange sie lebte, sollten hier nicht fremde Menschen nach ihr was zu suchen haben. Nicht wahr, Heinrich, sagte sie zu ihrem Manne, und wenn sie ihn anredete, merkte man erst, daß einer da war. Denn alles hatte die Frau unter sich, und ihm war es schon gleich recht, wie sie es machte. So verkaufte sie umständlich ihre Weinbeeren weiter in dem engen Laden, in dem man sich kaum umdrehen konnte vor Ware und wieder

Ware, und jedesmal, wenn sie einen Löffel aus der Schublade hob, machte sie eine ganze Geschichte daraus und konnte nicht genug über die Sorte erzählen.

Mit der Zeit hörte die Tochter von selber auf. Wenn man so ein Kind nach dem anderen bekam, sah das Leben langsam anders her und nicht mehr so fein. Sie fing wieder an, an das kleine Haus da hinten wie an ihr zweites zu denken. Sie war doch noch recht froh darum, wenn eines von den Kleinen die Masern hatte und die anderen einstweilen wo aufgehoben waren. So achtsam, wie wenn er noch lange damit leben müßte, setzte sich der Großvater mit den Kindern an einen Tisch und fragte sie die Aufgaben ab; er hätte sich auch nicht mehr stören lassen müssen in seinen Jahren, aber so brauchbar und dabei unauffällig war er. Wie die Kinder größer wurden, kamen sie von selber öfter her. Die Ältere machte sich inzwischen was aus dem Lesen, und weil es bei den Großeltern eine andere Zeitung gab wie daheim, kam sie regelmäßig und suchte sich daraus bloß die Raubmorde aus, weil man sich dann so schön fürchten mußte, und lange Zeit merkte sie nicht, daß es in beiden Zeitungen die gleichen Raubmorde waren. Wie das so geht, jedes Jahr kamen die Kinder in eine andere Klasse, einmal wurde die Mama daheim krank, und einmal wurde sie wieder gesund,

das gehörte sich so für Frauen, und von den Männern hörte man da nie was.
Diesmal war sie schon recht lange gelegen, und morgen, wo sie zum ersten Mal aufstand, mußte es feierlich zugehen. Das Kind las seine Sonntagszeitung bereits am Samstagabend, und die Mama fand es am andern Vormittag wunderschön, daß einmal ausnahmsweise alle beisammen waren. Unter dem Essen kam ein Bub mit einem Zettel daher, die Großmutter schrieb, daß wer zu ihr hinterkam, weil der Großvater krank war. Die Kinder glaubten es nicht, eines stand doch nicht auf, damit ein anderes sich legte. Die Erwachsenen machten ernste Gesichter und wollten wissen, daß ein Krankes in der Familie selten allein kam, und es war auch nicht leicht bei einem Mann in den Jahren. Das älteste Kind sah den Großvater mit dem fremden Gesicht im Bett liegen und wollte sich recht schön entschuldigen; ich habe eben die Zeitung schon am Samstag gelesen, sagte es in seiner Einfalt, und das sollte eine Erklärung für sein Wegbleiben sein, wie wenn die Menschen gar niemand wären. Der Arzt fand immer noch keine rechte Krankheit und stritt sich mit einem zweiten beigezogenen herum, da starb der alte Mann im Ernst, und nach seinem Tode wurde mehr Aufhebens von ihm gemacht wie in seinem ganzen Leben.

Seit die Frau niemand mehr hatte, der zu ihr ja sagen konnte, machte sie es sich selber nur noch halb so recht. Man versuchte dies und das mit ihr, weil man doch einmal zusammengehörte, in den langen Nächten, die kamen, ließ man ein Kind in ihrem Zimmer schlafen, damit sie sich nicht so wehmütig allein fühlte. Vierzig Jahre lang hatte da jemand im Zimmer geatmet, wenn die Frau selber mit Atmen aufhörte und horchte. Gelt, du fürchtest dich nicht in dem Bett, sagte sie zu dem Kind, weil dein Großvater darin gestorben ist – und nun stellte das Kind sich diesen Umstand erst recht vor.

Wie der stille Mann ihr abging, das konnte die Frau keinem Menschen sagen. Sonst hatte sie, wenn ein Markttag war, den ganzen Nachmittag aus sein können. Ohne das ging es nicht, sie mußte im Schlaf noch wissen, wie es auf dem Markt im einzelnen aussah. Sie hatte zwar das Kind daheim, daß sie die Haustüre nicht zusperren mußte, aber weiß Gott, was ihr da wieder auskam. Dem Kind wurde die Zeit lang, dann roch es die rosa Bauernrose ab, die abblätternd und mit schiefem Stengel im Wasserglas stand. Solange sie nicht ganz aufgeblüht war, kam sie nicht vom Stock herunter. Wenn sie abfallen, sind sie erst schön, meinte die Frau nach ihrem Geschmack. Alle halben Stunden einmal kam dem Kind die große Angst, und es war da wirklich nicht ganz zu trauen, wie leicht hätte man durch die hintere Küchentür herein können; da war ein Riegel, der von selber zurücksprang, wenn man fest genug gegen die Tür drückte. Aber mit klopfendem Herzen, wenn sie ihn vergessen hatte, schob das Kind den Riegel vor, es sah doch immer sicherer aus, wie wenn es ihn gleich ganz weggelassen hätte. Im Heimkommen fand die Frau das Kind oft auf der Gasse, weil es sich nicht mehr drinnen zu sein traute. Sie ließ den Riegel aber nicht richten und das Fenster in den Hof hinaus nicht vergittern, das wäre noch schöner, wenn es das brauchte. Wenn sie so mit wissendem Gesicht im Zimmer sich umsah, hatte sie eine Atmosphäre von Schutz um sich, wie eine Henne an sich glaubt, die ihre Jungen unter sich hat. Die Tochter hatte nun darein wieder nicht das rechte Vertrauen und ließ das Kind lieber nicht mehr hin. Da war noch ein unguter Wille dabei, im Gespräch mit ihrem Mann sagte sie es mit dem Namen: Wenn die Frau nicht mehr ausgehen konnte, wie sie wollte, würde sie doch einmal ganz wegzubringen sein von dem Laden. Die Kinder waren jetzt größer, und immer der weite Weg für sie hin und her war auch nicht das Rechte.

Die Frau witterte es, daß man ihr ganz im stillen was schwer machen wollte. Mißtrauisch blickte sie ihnen ins Gesicht, wenn Besuch kam, und dann lächelte sie zur Vorsicht einmal, auf den Kopf zu konnte man es niemand sagen. Eine Stille hing im Zimmer, wenn sie sich so gegenübersaßen, die Uhr fing zu schlagen an, dann redete die Frau weiter, wie wenn nichts wäre. Gar nicht nachgeben konnte sie, sie ließ es ihrem dicken Kopf hinausgehen, wie sie meinte. Jetzt stellte sie gar ein Dienstmädchen ein, wie wenn es noch ewig so zugehen müßte. Wenn man ihr zuschaute, war es nur zu wahr, viel anfangen konnte die Frau nicht mit ihrer Bedienung. Das eine war schön, daß in der Früh wer vor ihr aufstehen und guten Morgen sagen mußte. Die Frau blieb bei der Zeremonie ein wenig stehen und empfing den Gruß in ein breites Gesicht hinein, wie wenn sie darauf gewartet hätte. Dann war die Herrlichkeit aus für den Tag, sie lief mit auf Schritt und Tritt, weil man es ihr doch nicht recht machte, und war eifersüchtig auf jede Arbeit, die ihr das Dienstmädchen abnahm. Und weil es nach was aussehen mußte, darum ließ sie sie ein- für allemal an einem Tisch sitzen und ungezählte Strümpfe für die Kinder stricken. Das Mädchen, das zum Schlafen immer heimging, war in seiner ersten Stelle und wollte alles auf einmal lernen, wenn möglich bis hinauf zum Regieren, und wie es sah, daß hier damit nichts war, blieb es an einem Morgen einfach aus. Zuerst war es auch so gegangen, jetzt konnte die Frau aber nicht mehr allein sein. Gerade da setzte sich die Tochter neben sie hin und bat sie um die Entscheidung. Das obere Stockwerk in ihrem Haus war lange genug leer gestanden und hatte auf die Mutter gewartet; wenn die also nicht wollte, dann nahmen sie eine fremde Partei herein, ob es ihr recht war. Da war es höchste Zeit, so ganz ohne Asyl wollte die Frau im Leben nicht bleiben, und hier, wenn ihr einmal was passierte in der Nacht, war sie eben ganz allein. So zog sie zur Tochter in den oberen Stock mit dem Zusatz, daß sie es doch nicht mehr lange machte.

Dort stellte sie die Möbel genau so auf wie daheim; wenn die unten es nicht beredeten, wäre ihr das lieb gewesen: Sie war jetzt in der Fremde und hatte Gedanken zu verbergen. Was sie sich damit angetan, merkte sie erst nach und nach. Sie taten ihr schön im Anfang, und es war der beste Wille auf beiden Seiten, aber eine Frau wie sie konnte nun einmal nicht leben, ohne daß sie sich um alles annahm und hineinredete, und hier war der Karren doch die ganzen Jahre her ohne sie auch gegangen. Monatlich zahlte sie ihre Miete wie ein Geschenk und trumpfte auf damit. Das ging ihr nicht ein, daß sie auf einmal was zahlen mußte für leere Wände und keinen Verstand, denn den brachte erst sie mit. Mit der Zeit richtete sie es sich ein, man mußte bloß dahinterkommen, wie man daran war mit seinem Nachteil und Vorteil. Das Wasser ging wieder umsonst und auf Rechnung des Hausherrn weg, in ihrer einfältigen Schläue ließ sie jetzt ganze Kübel umsonst aus, wo sie früher an den Preis gedacht hätte und damit sparte. Richten lassen mußte sie wieder nichts, im einen gab man was aus, im anderen brachte man was herein. Doch konnte sie um sich suchen aus leeren Augen und sich mitten drinnen hinsetzen und weinen und am anderen Tag wieder viel magerer sein. Einen solchen Ernst hatte sie in ihrem Leben. Ja, wenn der Heinrich nicht hätte gehen müssen, meinte sie, müßte viel nicht sein.

Die List

Da war einmal ein böser Mann, der es von sich selber sagte, und da war ein kleines Mädchen, was gerade nur an den einen glauben konnte. Aus dem muß noch was werden, dachte sie, und wenn er ihr sagte, daß er gegen sie schlecht sein, daß er sie aber ganz von anderen Menschen abhalten müsse, damit sie seine Härten besser spüre, dann sagte sie, das macht nichts, und lachte und wurde gleichzeitig ein wenig bleich, denn sie stellte es sich nicht leicht vor. Meist war er bei fremden Menschen, bloß wenn es ihm schlecht ging, kam er damit zu ihr, und sie mußte auf den Moment da sein, und dann tat er obendrein, als ob es ihm nicht recht wäre, daß er sie überhaupt kannte. Ein solcher Herr mußte er vor sich selber sein und ständig wen verlassen und wen hinter sich zum Herwarten haben. Dann war ihm das auch nicht mehr genug. Wie es einem Buben an einem Nachmittag nicht mehr passen kann, so paßte es ihm auf einmal nicht mehr. Er wollte bei solchen Menschen, die gewiß gering waren, nicht weiter bleiben. Paris ist vielleicht die einzige Stadt, sagte er, wo es noch Kerls gibt, und übermorgen ging er für ganz hin. Unserem kleinen Mädchen war es besonders recht, obgleich es doch auch wieder weh tat. Diesmal wird was aus ihm, dachte sie und ging zu ihm, um zu fragen, ob sie noch was für ihn tun könnte. Da war ihr bereits eine andere zum Einpacken zuvorgekommen, die hatte es wichtig in Gang und Zimmer, und wenn man sie ansah, kam man auf den Gedanken, daß eine zweite Helferin an ihr bloß angestoßen wäre. So, dachte die unsere, die kennt er also noch, und zu mir hat er schon lange gesagt, er geht nicht mehr hin. Da führte sie der Mann schon wieder die Stiege hinunter. Einstweilen mußt du heimgehen, sagte er, ich werde dann sehen, ob ich dich noch zu was brauche. Das heißt, er sagte es mit viel schöneren Worten, daß man es nicht so merkte. Unsere wußte nicht genau, ob sie was merkte, und außerdem war heute letzter Tag, starkmütig ging sie heim und wartete, ob für sie noch eine Zeit war.

Nach einer Weile waren die Sachen des Mannes alle schön in Kisten eingeschlossen, damit man merkte, daß sie nicht jedermann gehörten. Die Kisten waren eine ganze Zahl, er konnte sie nicht über die Grenze mitnehmen in ein fahrendes Leben. Da mußte ein Einstandsplatz her in einer festen Wohnung, wo sie gut aufgehoben waren. Gewohnt, daß er viel umsonst bekam, wollte er nicht dafür bezahlen, er telefonierte und lief bei Bekannten herum, mit denen er sich bis dahin die Tage lebendig machte, aber von denen, die es am leichtesten konnten, wollte sich niemand was auftun. Weil er dauernd wegging, war er schon mit einem Fuß draußen aus ihrem Interesse, jetzt fiel ihnen wieder auf, was sie sonst manchmal an ihm auszusetzen hatten, das ist ja gerade das Böse an ihm, sagten sie untereinander, wir sollen wieder was schwer haben, damit er was einfach hat und leicht.

Obwohl es bei ihr schwer ging, hätte ihm unser kleines Mädchen den Willen gleich getan, weiß Gott, sie wollte zu was gut sein, und sie sperrte sich vor ihm nie ein in ihre persönlichen Rechte. Nur konnte es heute oder morgen sein, daß sie aus dem möblierten Zimmer ausziehen mußte, das war freilich dem Mann gleich, was sie nachher machte; wie er so seine Bekannten durchging, kam er richtig zum Schluß noch auf sie, und bei dieser letzten wollte er sich die Gelegenheit zum Einstand nicht entgehen lassen. Er hätte einfach das Vertrauen in sie setzen und ihr in klaren Worten sagen müssen, was ihm leid war. Aber da merkte man, wie sehr er sie immer darunterhinein gebracht hatte mit fremden Menschen in seinen Gedanken. Wie ein richtiges Hindernis kam sie ihm vor; da aß er von der Erkenntnis, daß in jedem Menschen ein böses Wesen sei, das man überlisten muß, und daß man selbstgewiß sein muß vor den Härten des Lebens, weil man doch vor ihnen allein ist; so dachte er sich was aus, wie sie ihm am ersten hineinfallen würde. Unter seinen Sachen war eine Bibliothek, die trug er ihr wie ein Geschenk an, damit sie in seiner Abwesenheit darin zu lesen hatte. Die und die hätte sie auch gerne gehabt, aber er wollte sie gerade ihr geben, du bist dann sehr allein, sagte er, und kannst nichts anfangen mit deinen Abendstunden. Sie war fast betroffen, daß er in dieser Weise an sie dachte, und dann gefiel es ihr sehr. Wenn das so war, war manche seiner Härten vielleicht ihre eigene Einbildung gewesen. Sie streckte sich herrlich gerade und lächelte ihn an, da sie sich so geliebt wußte. Wenn er jetzt noch zu einem Tee dageblieben wäre, hätte er bestimmt gemerkt, was ihr da für eine einmalige Sicherheit angewachsen war wie eine neue Haut. Aber er sah nicht ausschließlich nach ihr hin, sie mußte dies mit sich selbst ausmachen, er hatte keine Zeit, die Verwandlung an ihr zu ertragen. Er bat sie, ihm noch einen Gang zu tun, und sie gab ihm den Zimmerschlüssel, damit die Bücher inzwischen hergeschafft werden konnten. Sie verabschiedeten sich fast nicht voneinander, so natürlich war es ihr, daß sie ihn nachher noch sehen würde. Auf dem Wege hatte sie ihre Freude daran, daß es dann in ihrem Zimmer auch einmal schön ausschauen würde mit den ledernen Bücherrücken, ein Glanz kam ihr da herein. Bei der Gelegenheit wollte sie gleich auch von Grund aus räumen, damit bloß das drinnen blieb, was sie durchaus brauchte und was darum richtig aussah.

Sie kam heim und mußte den Schlüssel unter dem Teppich vorholen, nichts rührte sich in dem verschlossenen Zimmer. Er hätte auch nicht gleich den Abschied vermeiden müssen; da blieb schon wieder ein Rückstand, um den sie inwendig einen kleinen Umweg machen mußte, damit sie sich nicht daran stieß. Kindliche Person, die sie war, schaute sie einen Augenblick lang die Türe bewußt an, hier war er zuletzt noch gegangen. Dann kam es ihr vor, als habe sie sich verlaufen. Sie konnte kaum hineinsteigen in ihr eigenes Zimmer, da standen Kisten herum, einzelne waren übereinandergeschichtet, wie wenn sie ein halbes Jahr da stehen müßten, dabei wußte sie nichts über die Kisten. Sie hätte sie dem, der sie hereinbrachte, mit gutem Gewissen wieder nachwerfen können. Und gleich so viele. Sie suchte herum, die Bücher waren auch da, dies auch war es. Eine helle Röte brannte in ihrem Gesicht auf, er war eben immer der alte, daß er einem zu nahe trat, sagen half hier nichts; in eine immer größere Ratlosigkeit wurde sie hineingestoßen, je mehr sie nachgab, ihr war wahrhaftig nicht mehr gut zusehn. Mechanisch zählte sie an den Kisten herum, der zweite Eindruck von Menge war nicht mehr so stark. Natürlich würde sie wieder versuchen, es ihm zu verzeihn, dies Kind durfte ja nicht mehr wissen, wann es was falsch machte. Sie schaute am Spiegel vorbei, daß sie sich nicht selber ansehen mußte auf ihr beleidigtes Selbstgefühl hin. So blieb sie nicht lange. Damit war es nicht getan, daß sie das Gefühl von Abstürzen sich in ihr festsetzen ließ nach einem Versuch von Freude. Sie packte die Bücher aus und machte sich mit Vorsatz müde, sie wollte sich nicht vorstellen, wie er wieder zu dieser Beleidigung gekommen war. Nachher wollte sie die Kisten auf dem Gang hinter dem dicken Vorhang aufschichten, wo sie am wenigsten ausmachten für den Blick, aber bei dem Beharrungseigensinn ihrer Wirtin ging ihr das nicht hinaus, die gab auch keinen Raum im Speicher her; was unsere einmal angenommen hatte, mußte sie auch in ihrem Zimmer haben. Von da an sah es also bei ihr aus wie in einem Packraum, das konnte noch eine häßliche Gewohnheit werden. Mit trockenem Mund sah sie es grau werden vor ihrem Fenster, dieselbe Dunkelheit kam zu ihr, in der der Reisende jetzt von dem Vorbeifliegenden draußen nur noch den großen Schattenriß sah. Da dachte sie schon wieder an ihn. Würde das nie aufhören? So im Anhangen an einen, dem sie nichts war, konnte sie nicht leben und nicht sterben.

Doch war ihr in dieser langen Nacht, wo sie sich aufrichtete und der Raum ihr in den Umrissen verändert hersah, das Wissen um einen Verrat eingesetzt wie ein kleines ätzendes Nest, das einem blieb. Diesmal war es das letzte, was von ihm herkam, diesmal konnte der Schmerz nicht wieder an seinem lebendigen Gesicht vergehen, das sie zu immer neuen Leistungen für ihn verführte und sie bloß vom Gleichgewicht im eigenen abtrieb. Langsam lernte sie wieder mit sich selber auskommen, und das war besser.

Das Buch, das nicht ging

Ein Abenteurer schrieb an einem Buch, damit er einen festen Beruf angeben konnte, wenn jemand ihn danach fragte. Er fing an, viel von sich selber zu halten, und weil er meinte, das Innerliche komme bei ihm sowieso, darum tat er lieber was nach außen und ließ es mit dem Haarschneiden länger anstehn wie bisher, und wenn man ihn danach fragte, hatte er schon so viel Seiten geschrieben, daß man sie überhaupt nicht mehr zählen konnte. So war er sich selber seinem Reden nach immer um eine Masse Seiten voraus, die er sich vorgab, weil er sie doch irgendeinmal einholen würde. Dies trieb er so lange, bis er die Zahlen verwechselte und im Gespräch mit seiner Hausfrau auf einmal wieder viel weniger hatte, als bereits in der vergangenen Woche da war. Die Dame, die ihm schon lange nicht mehr traute, knüpfte eine spitze Bemerkung daran. Dies wurmte ihn als ein einzelnes Zeichen allgemeinen Niedergangs, und wie er in sein Zimmer zurückkam, packte er sich einen Koffer zurecht und fuhr mit der Eisenbahn irgend wohin: Jetzt wollte er gründlich anfangen, und dazu brauchte er vor allem einmal eine andere Umgebung.

In diesen Wochen schrieb er das Buch wirklich, und weil bei ihm alles ganz anders sein mußte wie bei den Zünftigen, darum machte er sich darüber her in den Nächten einer Weinernte, wo er als freiwilliger Winzer auf einem Brett über Fässern lag, daß ihm der Gärungsdunst den Schweiß aus dem Leib trieb und ihm vermessene Gedanken zukommen ließ. So abgemüdet von der körperlichen Arbeit holte er die einzelnen Kapitel mit Gewalt aus sich heraus, und das war gerade die Methode für ihn, denn dabei konnte er sich vorstellen, was er für ein Riese war, und wenn er nicht so an sich geglaubt hätte, hätte er inzwischen schon lang wieder aufgehört. Weil er aber am Schluß nichts mehr korrigieren wollte und er dafür ja auch zu riesenhaft war, darum setzte er sich wenigstens noch eine Nacht lang hin und schrieb über jede Seite oben drüber einen Aphorismus, der dem Leser mehr zu denken gab wie die ganze Seite zusammen, denn es war eine gute Nacht. Dann war er fertig, er sagte wenigstens, soviel müsse seinen Lesern genügen.

Wem er die näheren Umstände erzählte, der wollte zum mindesten sehen, was dabei herausgekommen war. Aber er lieh sein Manuskript beileibe nicht aus; er trug es bloß in der Hand herum, wo sich dies nur machen ließ, damit die Leute es einstweilen einmal von weitem sahen. Von Zeit zu Zeit blätterte er darin und sah kindlich nach, was auf den einzelnen Seiten stand, weil er es nicht

mehr wußte, und nach seinem Gesicht zu schließen, mußte es das Herrlichste von der Welt sein. Selten las er Bruchstücke daraus vor, die er für die besten hielt, und auf irgendeiner Seite legte er das Bündel gewiß wieder unvermittelt zusammen. Nun hatte er seine Nächsten schon gespannt gemacht, und es lag noch für eine ganze Weile in seiner Gewalt, daß er ihnen den Roman nicht zeigte. Diese hier waren menschlich an ihm interessiert, lesen würden sie den Roman sowieso, darum konnte er sie von sich abschieben mit einer großen Gebärde. Erst die Unbekannten waren sein Publikum, wie er es sich vorstellte, und denen wollte er mit Gewalt gefallen, und monatelang von dem Tag des Erscheinens an sollte es so sein, als ob alle nur auf sein Buch gewartet hätten.
Im stillen versuchte er es da und dort bei einem Verlag, er sprach nicht gerne darüber. Einmal mußte er doch auch seinen Mann auftreiben, dem er auffiel und Vertrauen gab mit seinen Haaren und seinem Wesen. Ohnehin redete der Dichter viel über sich und stellte seine Behauptungen mit Sicherheit auf, er hatte diese Gewohnheit bei seinen kleinen Freundinnen ungestört noch besser ausbilden können. Einmal half ihm diese gute Gewohnheit denn auch hinüber, und an einem schönen Tag konnte er den Vertrag über sein Buch unterschreiben, und damit war es ja nun aus der

Hand gegeben. Aber er machte sich noch weiter wichtig, so sehr hing er zusammen mit diesem Ding, das er einmal geschrieben hatte und nicht wieder. Natürlich ging ihm alles viel zu langsam, monatelang lebte er in planloser Unruhe, und schließlich war das Buch doch einmal herausgekommen.

Gleich in der nächstfolgenden Woche suchte er die Anzeige im Börsenblatt, fand sie aber nicht. Die Menschen machten sich noch lange nicht genug aus ihm, um jetzt schon zu laufen und zu rennen und mit sämtlichen Fingern auf ihn zu zeigen. Unserem Dichter kam es so vor, wie wenn er diese Sache persönlich ins Rollen bringen müßte. Da hatte er nach dem Vertrag eine schöne Anzahl Exemplare frei bekommen. Nun zeigte er, daß er rechnen konnte, und verkaufte die Bücher zum Ladenpreis an seine näheren Bekannten. Freilich hatte ein jeder sich eingebildet, daß er das Buch geschenkt bekomme, aber er konnte sich eben seine Leute gefügig machen. An dem Geld wollte unser Mann nicht etwa reich werden, er setzte es sogleich wieder um. Unbekannt wie er war, bestellte er in den verschiedenen Buchläden sein soeben erschienenes Werk und wunderte sich, daß es noch nicht da war. Er zahlte das Geld gleich an, und es war nicht so, wie wenn ihm der Laden nicht hätte trauen dürfen. Das neu erhaltene Buch brachte er wieder bei einem Bekannten unter, so ging es im Kreis, er ließ keinen Laden aus, und die Läden merkten wenigstens was davon, was es für ein neues Buch gab.

Eine Zeitlang schien das Geschäft in der Tat zu gehen, aber dann sperrte sich der Bekanntenkreis, dieser Behälter, der zur Aufnahme diente, von selber, es hatte eben jeder schon sein Buch. In den Zeitungen war auch nicht viel los gewesen, langsam sickerte es durch, daß es mit dem Absatz immer schwerer ging, und dann hörte er ganz auf, wie abgeschnitten. Es bestand kein Bedürfnis nach einem Buch, bei dem man Kopfweh bekam vom Lesen, und hernach hatte man keinen neuen wesentlichen Sachverhalt erfahren. Die Buchhändler, die sich hineingelegt sahen, schimpften, der Verlag ließ merken, daß er für die vielen störenden Besuche des Verfassers nicht mehr diese unbegrenzte Zeit hatte, und der Dichter fuhr aus Leibeskräften in der Eisenbahn zweiter Klasse oder machte sich sonst an Orten zu schaffen, wo eine Anzahl von Menschen Lust zu längeren Gesprächen bekommen konnte. Nebenbei wies er auf sein Buch hin und versprach, eine Widmung hineinzuschreiben, wenn man es ihm schickte, und es gab immer noch einige, die es sich leisten konnten und das Buch eines auffallenden Menschen auf einer Postkarte bestellten.

Aber wenn man im Verlag wieder daran glauben sollte, mußte das Geschäft noch ganz anders gehen. Der Dichter sah mit Bitterkeit ein, daß ein Mann allein diesem Buch nicht mehr aufhalf. Um sich zu erholen, fuhr er in starke Luft, wo er wenig Menschen sehen mußte, er hatte ihrer in der letzten Zeit zu viele gesehen, die an ihm vorübergingen und sich nicht um ihn drängten. Dies war ein kleiner abgelegener Gebirgsort, wo die Männer mit biblischen Haaren herumliefen und die Buben in einer merkwürdigen Mischung nach Ungebrochenheit und Theater aussahen. Alle zehn Jahre hatte der Ort seine große Zeit durch ein Passionsspiel, das das Publikum der ganzen Welt anlockte, und diesmal kam sie im nächsten Jahr wieder. So ganz ruhig war es doch nicht mehr, überall wurde vorgebaut für die kommende Zeit, die Betriebe wurden vergrößert. Da war z.B. der Buchladen an der Hauptstraße schon ganz nett hergerichtet, die Bücher waren zwar unter allem Hund. Aus Instinkt ließ sich der Dichter bei dem Besitzer sehen, einem jungen Menschen, der mit seiner Schwester das Geschäft hatte und es im nächsten Jahr herausreißen wollte. Als ein Mann mit weltmännischem Akzent ließ sich der Dichter, wie er so mit Stock und Kennermiene auf den einzelnen Büchern herumklopfte, fragen, welche Bücher sich der andere etwa noch hertun sollte.

Er nannte ihm einen Titel und nicht mehr. Großartig ging er hinaus, er hielt dies für eine Gelegenheit, wo er sein Buch in alle Welt bringen konnte.
Am andern Tag erzählte ihm der Händler, daß ein Mann aus dem gleichen Hotel das betreffende Buch bestellt habe. Der Dichter wußte, warum, das war irgendein Fremder aus dem Reich, und er hatte in seiner pompösen Weise am Vorabend mit ihm gesprochen. Nun schickte er gleich noch ein Mädchen in den Laden, was er gerade mit hatte, die mußte das Buch auch bestellen und nicht merken lassen, daß sie den Verfasser persönlich kannte. Das schien dem jungen Händler schon ein großes Zeichen von Nachfrage, er ließ das Buch in mehreren Exemplaren kommen. Voreingenommen las er darin, und daß er es nicht ganz verstand und sich schwer tat mit dem Lesen, kam gewiß daher, daß er nicht diese Bildung hatte. Mein Gott, wenn man Aphorismen schreiben konnte, und darunter stand immer noch eine ganze Seite! Jetzt machte es ihm schon nichts mehr aus, wie er darauf kam, daß sein Weltmann selber der Verfasser war. Das nächste Mal erzählte er ihm, daß er das Buch bereits mehrfach da habe, und meinte, der andere werde vor freudigem Erstaunen hintenüber fallen. Aber der setzte sich noch um eine Idee besser in seinem Stuhl zurecht, und dann

hatte er, obwohl er so ein großer Mann war, diesem kleinen aufstrebenden Buchhändler im Vertrauen was zu sagen.
Da es sich dabei um einen solchen Reißer handelte, sollte er sich lieber fünfhundert Bände auf einmal hertun, bevor es vergriffen war, der Dichter, der an seinem Aufkommen großen Anteil nahm, war sogar bereit, ihm das Geld dazu vorzustrecken. Wenn er nicht zufällig in diesem Nest ausgestiegen wäre, könnte der Mann das Geschäft eben nicht machen. Er bestellte den Händler auf den anderen Nachmittag in sein Hotelzimmer, bis dahin sollte er es sich überlegen. Viel Zeit konnte er ihm nicht mehr lassen, weil er abreisen mußte.
Um 3 Uhr klopfte also der junge Mann und war reichlich verwirrt, daß er störte, da eine junge Dame mit offenem Haar auf dem Bett lag und sich darin nicht beirren ließ, es konnte auch eine Schwester sein. Der Dichter saß einige Meter entfernt an einem Tisch und schrieb. Endlich konnte man den Händler zum Sitzen bringen, er saß so, daß er dabei nicht auf die Dame hinschaute. Das Mädchen hörte lässig zu, wie der Dichter in den Hoffnungen dieses jungen Menschen aus und ein ging wie in einem schon sehr bequemen kleinen Haus, sie hatte da nicht mitzureden, der Dichter konnte sehr gewalttätig sein, und außerdem

glaubte sie an ihn wie viele. Weil ihm vorschwebte, daß er irgendwas tun mußte, und weil er nicht recht wußte, was, versuchte es der Händler einmal mit übergroßem Vertrauen, er legte sein Leben in diese Hand und schaute zu dem Mann auf wie zu einem Gipfel, denn so was von Helfenwollen war ihm noch nie vorgekommen, er war also imstande, diese fünfhundert Bände mit dem Geld des anderen zu bestellen. Daheim überlegte es sich der Händler noch einmal, und dann waren ihm seine Worte immer noch nicht dankbar genug gewesen. Deswegen fand er sich am anderen Morgen um vier Uhr noch einmal an der Bahn ein, um da ja nichts zu versäumen. Er brachte einen Blumenstrauß mit, der um teures Geld gekauft zu sein schien, so regelrecht war er nach den Gewohnheiten einer Blumenhandlung aufgebaut. Er sah die junge Dame daneben heute im Hut, und natürlich rührte er mit keinem Blick an sie, er machte auch nicht den Fehler, daß er den Strauß der Dame gab.

Er wartete, bis der Zug abfuhr, und dann ging er heim und machte noch vor dem Kaffeetrinken in seinem kleinen Büro bei dem großen Verlag die große Bestellung. Zufällig wußte man im Verlag durch einen Bekannten von dem letzten Aufenthaltsort des Dichters und belächelte den Zusammenhang. Aber man mußte froh sein, wenn man

den Posten los war; mochte der Mann in dem Gebirgsort sich damit ruinieren.
Zuviel war bloß, daß der Dichter kam und auf Grund der optimistischen Bestellung eine erneute Auflage durchdrücken wollte.

Kameraden

An einem schönen Abend gingen ein Mann und ein Mädchen mitsammen spazieren. Beide waren sie fremd in der Stadt und hatten sich öfter getroffen und mal was Gescheites zueinander gesagt und mal was Dummes. Das heißt, das Dumme nahm sie, wenn man sie reden hörte, für sich allein in Anspruch und wurde bloß um soviel heller im Gesicht vor lauter Selbstvertrauen, wenn sie wieder einmal auf ihr törichtes Lächeln stieß. Sie konnte kein bißchen ein schlechtes Gewissen haben, wenn sie so lachte aus junger Haut, denn sie fühlte, daß sie über ihre Unerfahrenheit hinaus was galt, und trug ihren Hals frei. Gerade kamen sie an eine Laterne und schauten einander flüchtig an, so lange wie diesmal hatten sie nicht leicht zusammen geschwiegen. Es lag an ihr, da sie nichts sagte. Ja, wenn man auf ihre stumme Meinung was gab, war es ihr so schlecht wie heute noch gar nicht gegangen. Zum ersten Mal war sie mit sich nicht im reinen. Eigentlich war es schon keine Zeit mehr und viel zu spät am Abend, wie der Mann sie holen gekommen war; nach Studentinnengewohnheit ließ sie sich von ihm ans Fenster pfeifen und redete auf die Straße hinunter, mit einem anderen wäre sie so spät nicht mehr fort. Aber wenn sie ihn wieder mit denen ver-

glich, die sie sonst noch kannte, und merkte, wie auffallend er aus den Dutzendköpfen herausschaute, wollte sie einen so ganzen Kerl wie ihn nicht umkehren lassen. Sie setzte keinen Hut auf, weil sie ihm dann leichter ins Gesicht sah, und vor sie es noch recht mit sich ausgemacht hatte, war sie unten an der Haustür. Lebhaft gab er ihr die Hand, heute hatte er die Frisur ein wenig anders, und die Frisur gefiel ihr so ausnehmend, daß sie auch ihre Einwände vergaß, wunderleicht wurde ihr, wenn sie daran dachte, wie er ihr gefiel.
Aber dann war es wirklich ein wenig einfach vor sich gegangen, sie ging bereits mit ihm spazieren, wie wenn es darüber nichts zu reden gäbe. Von selber kam er nicht auf den Gedanken, daß sie seinetwegen eine solide Gewohnheit aufgab. Er war heute schon mit mehr Personen zusammen gewesen und hatte sie bloß zum Herumgehen noch ein wenig mitgenommen. Er fand nichts dabei; diese Männer sahen alles ins Gröbere, weil sie auf einen Blick mehr und schneller sehen mußten. Aber sie nahm ihr weniges wichtiger und stand in ihren Empfindungen lieber ein wenig still, damit sie sie auch recht spürte, und im Hingehen zwischen Laterne und Laterne konnte sie ihm nicht so schnell in sein Gleichgewicht und sein Darüberwegdenken folgen. Sie meinte in ihrem weiblichen Sinn, an diesem Abend müsse was nicht

stimmen. Wo gehen wir eigentlich hin, fragte sie, und schaute schnell über den Weg, damit sie ihn nicht ansehen mußte. Er lachte kurz auf und zielte mit einem Stein nach einem Punkt in großer Entfernung, ein wildfliegender Zug war in seinem Gesicht wie eine ganze Schlacht.

Da war es elf Uhr, und fast waren keine anständigen Mädchen mehr auf der Straße, überhaupt nicht viel Menschen. Die Laterne brannte immer ein weites Stück voran, daß man unter dunklem Himmel im ungewissen ging und leicht über das Trottoir heruntertrat, wenn man an seinen Begleiter nicht anstoßen wollte. Wo gehn Sie denn, Kind, sagte er, und jetzt nahm er sie gar bei der Hand, damit sie nicht immer so von ihm wegfiel, und alle, die vorbeigingen, hielten sie für ein Liebespaar. Sogleich wollte sie ihm die Hand wieder nehmen, aber seine war schön groß und kräftig und ließ nicht aus, was sie einmal hatte. Sie machte ein paar Verlegenheitsschritte, dann fing sie zu reißen an. Er pfiff durch die Zähne und wollte ihr was darauf geben auf ihren Eigensinn, jetzt drückte er ihr das Gelenk schon so zusammen, daß es weh tat. Damit machte er ihr erst recht angst; gerade ging auch niemand an ihnen vorbei, und wenn sie hinaufschaute, war der Himmel viel zu dunkel, als daß ihr davon hätte leicht werden können. Auf einmal wußte sie, daß ihr überall was passieren konnte, und die ganze Welt wartete darauf, daß sie ihr was antat. Jetzt meinte das gute Kind schon viel zu viel und schaute hilflos der nächsten Laterne entgegen, und war dem Weinen nah und gab auf sich Obacht. Ganz gewiß würde er sie von da in einen Graben ziehen, man hatte sie immer vor so was gewarnt. Düster blickte er auf sie nieder, weil soviel Worte anderer Menschen aufstanden in ihr; wie Kleinsein fühlte er es an ihr, daß sie ihm nicht vertraute. Gewaltsam ließ er ihre Hand aus, daß sie in einem großen Bogen zurückschwang. Lauf, was du kannst, fuhr er sie an, ich werde dir schon nicht nachgehen. So war es ihr lieber wie zuvor; feinhörig fand sie den Schmerz heraus in seiner Stimme, und das machte, daß sie zugab und noch ein wenig blieb. Sie wartete mitten auf dem Weg, und er war schon um ein paar Meter voran, da hielt er zweifelnd im Schritt an. Er fühlte, daß sie, wenn er jetzt weiterging, ihm nicht nachlaufen konnte. Sie würde eine kleine Weile dastehen mit sich schließenden Augen wie nach einem Sturz und auf einmal heimgehn, und dann war in der Erde zwischen ihnen wirklich was gerissen. Selber mochte er auch nicht umkehren und sich was vergeben. Da war sein Zögern zu lange gewesen, wie in Abwehr riß sie sich zusammen und in einem stechenden Schmerz. In dieser Zeit mußte unter gleichgültigem Himmel, der das Große sieht wie das Kleine, ein Hund gedankenlos um die Ecke rennen und in ihren Blick, und schon hatte sich aus ihrer aufzuckenden Bewegung zwischen ihr und dem Tier ein kleiner grotesker Zusammenhang ergeben. In seinem Spürsinn für das Bewegte stutzte er an ihr wie an einem Blitz. So andrängend waren vielleicht Tiere vor ihm gestanden, die dann mit ihm kämpften. Gott weiß, welchen tieferen Sinn dies für ihn haben mochte, jedenfalls bezog der Enge in seinem Auffassungsvermögen ihr Wehrhaftes auf sich und stellte sich ihr zum Angriff. Da hatte sie schon ihren kleinen absurden Rückstoß weg, wo sie sich soeben noch kostbar machen wollte. In jenem plötzlichen letzten Warten vor dem Kampf, dem Mensch wie Tier unterworfen sind, rief der Mann ihr zu, daß sie stehen blieb, damit sie im Weglaufen den Hund nicht um so mehr auf sich zog. Wie Schachfiguren waren sie gegeneinander gebannt zu einem beziehungsreichen Bild, und nun kam es darauf an, wer zuerst am Zug war.

Auf einmal dachte sie nicht mehr an sich selbst, sie konnte bloß mehr schauen, wie der Mann langsam und auf eine besondere Weise an den Hund heranging. Sie fühlte das eigentümlich Gesammelte an ihm, das sein besonderes Geheimnis vor Tieren war, auch der Hund stutzte daran wie vor einer Gefahr, er lief davon und der Mann ihm nach, indem er die Arme in einer suggestiven Bewegung auf ihn zu hielt. Da lief der Hund unter der Suggestion dahin wie in einem Instinkt und ließ sich in immer engeren Kreisen herumtreiben, wo doch die Straße lang genug zum Flüchten war, bis er, in der Bewegung umkehrend, geradewegs auf den Mann zutrieb, in seine Arme hinein. Sonderbar drängte er sich an ihn, wie wenn auf der Flucht vor ihm wieder nur bei ihm eine Rettung wäre. Der Mann nahm den Hund auf die Arme, er mußte schleppen daran und rief das Mädchen her wie zu einem Geschenk. Sie hatte ihn das Experiment öfter üben sehen mit Katzen und Igeln, aber der Hund war so groß und rührte sie, wie er so zu ihr aufschaute aus getrübten Augen und ihr nichts tat, wo er doch bei Feinden war und bloß mehr vor sich hin atmen konnte aus verwirrten zitternden Flanken. Du kannst ihm ruhig über den Rücken streichen, sagte er, und sie faßte zaghaft ins Fell und dann fester. Da war er der Starke und konnte ihr über den Hund weg sagen, daß sie gute Kameraden sein wollten, und daß sie sich wenden mußte an ihn, wenn sie einen Schutz brauchte und etwa Kerls frech waren gegen sie. Ja, das sagte er, und so viel Stärke hatte er übrig. Denn er wollte ihr wirklicher Kamerad sein in einem guten beherrschten Zusammensein, und wie er ihr kerzengerade in die Augen schaute, war er so in sich befreit und ein viel feinerer Kerl, als sie gemeint hatte. Sie reichte ihm die Hand hinüber, dazu konnten sie den Hund nicht mehr brauchen. Der Mann setzte ihn auf die Erde nieder wie ein großer Bruder, klopfte ihn ein wenig, er liebte den Besiegten ganz, weil er so stark war, und ließ ihn freudig laufen. Dann gingen sie als die Kameraden, die sie jetzt waren, noch eine halbe Stunde spazieren und probierten es aus, wer von beiden sich am meisten darüber freute.

Weg in die Landschaft

Die Woche zuvor war es noch unentschieden; auf einmal ist aber an einem schönen Tag was besonders Helles und Leichtes in der Luft, daß man den Hut lieber in der Hand trägt und das Gesicht ein wenig freier aufhebt wie gewöhnlich. Die Leute in den Straßen reden unvermittelt lauter und gehen eiliger; durch die offenen Fenster fühlt man die vielen Stimmen aus den Wohnungen mit. Draußen vor dem Stadttor, wo die Straße eine Biegung macht, hängt die Wäsche kleiner Leute an schiefen Stricken über den zwischen den Mauern ausgesparten Wiesen. Auf einmal gibt es soviel Menschen im Freien wie sonst das ganze Jahr nicht, sie schauen schneller zufassend wie sonst und zeigen einander die ersten Blattansätze an den Bäumen. Sie spazieren etwas grundlos und aktiv des längeren um die Stadt herum und suchen das kleine Helle, was sie an dieser Luft so rührt und das sie wie einen guten Atem mit heimnehmen möchten. Etwa in der Mitte zwischen den beiden Haupttoren läuft senkrecht zu den viel begangenen Spazierwegen ein einsamer Staudamm stundenweit ins flache Land hinaus. Sein Boden aus bleichem festgestampftem Sand läßt den Schritt klingen wie auf Ton. Auf dieser einzigen Erdfalte läuft man, verfolgt von seinen eigenen Schritten, ganz winzig und verloren in einen riesigen Himmel hinein. Rechts zeigt bebautes Land sein gefurchtes, nach der Denkweise der Menschen geordnetes Gesicht, aus dem der strenge Geruch von aufgebrochenen Schollen weht. Links senkt es sich zu einer moorig-durchsickerten Wildnis, durch die das fast stehende Altwasser des Flusses, in unnötigen Umkehrungen hängend, sein träges, von wimmelnden kleinen Fischen geschwärztes Wasser schiebt. Weidenstrünke halten ihre dünnen, unvermittelt angesetzten rötlichen Saugzweige geheimnisvoll in die Luft. Eine Schwermut der Gärung steigt von dem Boden auf. Wenn ein Wolkenschatten darüber weggezogen ist und plötzlich wieder die Sonne scheint, blickt die Gegend wie ein dunkles Auge, das sich unvermittelt öffnet, zum Himmel auf, mit einem eigentümlichen wilden Glanz. Bisweilen gehen unter diesem ziehenden Himmel einzelne junge Mädchen mit einer kleinen empfindlichen Blässe unter den Augen und lächeln sich fast krank.

Zwischen Schlaf und Schlaf

Sie erwachten von einem klatschenden Geräusch. Sie versuchten sich aufzurichten in ihrem Boot, und erst nach mehrmaligem Ansetzen gelang es, so lag noch der Schlaf oder sonst eine Bedrückung in ihren Gliedern wie eine schwer wegzuschiebende Last. Langsam wie ihre Bewegungen waren ihre Gedanken, und wieder nach einiger Zeit, in der sie auf einem Sitzbänkchen saßen oder hingen mit sehr verworrenem Leib, da rieselte es in ihre dumpfen Gesichter wie ein Erschrecken, das von weither kommt. Sie erkannten, daß dies Erwachen seine Ähnlichkeit hatte mit dem gewohnten unaufdringlichen Übergang von dem unbewußten Zustand in den der Bewußtheit. Hier saßen sie und wälzten an jeder Sinneswahrnehmung wie Riesen an einem Berg, der für lange Zeit außerhalb ihrer Kraft liegt. Welches geheime Erleben hing in den Elementen, für das sie noch keine Organe hatten, um es zu sichten, keinen unterscheidenden Verstand, um es mit einem Namen zu nennen, keine Hilfsmittel, um sich danach einzurichten. Sie blinzelten bedrückt, starrten auf das Bild ihrer Netzhaut hin, ohne zu verstehen. Denn bis sie einmal verstanden hatten, da war schon kein Widerstreben mehr in ihren tauben Leibern; an dies hölzerne Ding, das gemeinhin Boot heißt, waren sie geheftet und nahmen die furchtbare Speise an, die ihnen bereitet war. So still waren sie jetzt, wie der Engel, der sie weckte, indem er von hoch oben in ihr Boot fiel; der lag regungslos, das Gesicht dem Holzboden zugekehrt mit den steifen Augen des Todes. Sie hingen in der Dunkelheit wie am Grund eines Sackes. Ihr Boot gab einen bleifarbenen Schein, in dem aber der Grundcharakter des Hölzernen mit jeder Maserung klar und scharf zu erkennen war. Das Haar der Menschen lag so flach gedrückt wie flach brütend unter ihnen, neben ihnen das weite Wasser lag, eine Platte, und eben jetzt wird sie in eine unwahrscheinliche Tiefe versinken vor der Schwere des Luftdrucks. Die Menschen keuchten, jeder für sich, und waren am Ersticken. Sie holten ihre Luft nicht mehr weg unter der kompakten Windmasse, die sich über ihnen aufschichtete. Da wurde das Wasser von unten herauf, von der Berührungsstelle der Erdrinde an, vom tiefer liegenden Weichkern herauf von einem durchdringenden Zittern erfaßt und ganz und gar einbezogen. Es zitterte mit ungezählten winzigen Spitzen wie steifes Gelee, während ein fernes Grollen sich aus dem Erdinneren preßte. Noch einmal wurde es lähmend still, saugend still, ein einziger anhaltender Atem von allem, was da lebte, während schon das kürzende Ende an diese Stille geheftet war. Nun war wahrlich der Augenblick zur Genüge herangeführt, wo der Zorn der wasserumklammerten Erde sich aufrichtete, durch alle Schichten der See hindurch sein riesiges Haupt hinaufhob bis in angrenzende Luft, in Stößen und abermals in einem Stoß sich Genüge tat. Spalten rissen ein auf dem Meeresgrund, in die sofort das Nasse nachstürzte. So weit der Blick der Menschen reichte, wurde das Wasser allenthalben geschwenkt wie in vielen Schüsseln, ihnen weggerüttelt unterm Boot, daß es hierhin und dahin fiel, wie es so immer Wasser aufsuchen mußte als sein Tragendes oder sein Pferd und sich gleichwohl schnell immer wieder zurechtfand, da die Flüssigkeit nachströmend sogleich sich zu schließen strebte. Erst wie abermals durch einen Stoß ein großes Stück Grund ins Erdinnere hinunterbrach, Wassermassen nach sich riß in einen tiefen Trichter, immer erneut umliegende Gewässer anzog, drehte, knetete, einschlürfte, da war es dem Boot vollends genommen, sich noch länger zu behaupten. Von weither wurde es mit einbezogen in die langsam einkreisende Bewegung, schwamm um den tiefen Punkt eines Abgrunds wie eine kleine bleiche Hand, unwiderruflich an Geschwindigkeit zunehmend bei größerer Nähe, so sah es dem Augenblick entgegen, wo kleines Sterben der Menschen mit dem Bersten ansehnlicher Wassermassen zeitlich zusammenfiel. Die Insassen fanden in sich keinen Widerstand, durch den es etwa Lebewesen verliehen ist, sich zu befreien aus einer allgemeinen Gefahr, sie klammerten sich an das bißchen Holz, das ihrem Leib entwuchs wie die Schale der Schildkröte, so zugehörig war es ihnen, und anderes hatten sie nicht, um damit ihre Blöße zu bedecken. Sie hatten solche Menschenköpfchen und Gliedmaßen an einem riechenden Rumpf von unbegreiflicher Belanglosigkeit; Angst, die sie an das Holz kleben ließ und die Lungen in ihren Hals hinaufstieß, sie war nur irgendein Gefühl, für das außerhalb ihrer Leiber kein Empfänger vorhanden war, um seine Schwankungen durch eine bestimmte Art von Reagenz deutlich zu machen. Unter ihnen aber leckte eine gleichgültige, ungefüg kreiselnde Zunge sie über die Wasser des Erdballs hin, wurde mitten in wieder so einem Anhub aus einem Grunde, der ihren kurzen Sinnen sich verbarg, von einer süßen, lallenden Lähmung befallen, sank in sich zusammen, sowie die Lücke im Meeresgrund sich durch nachschiebende Erdmassen geschlossen, der Trichter sich eingeebnet hatte, kam nicht wieder, schob in einem letzten Schaukeln die Menschen irgendwohin ins stille Wasser ab mit seiner zartesten trägen Spitze, die Menschenleiber noch so verlor, wie nur ein winziges Teilchen verloren werden kann, das einem von ungefähr anhängt und dessen Abgabe keinen Verlust bedeutet. Für solche Insekten freilich bedeutete dies letzte sachte Abschieben immer noch ein Ansehnliches von Gewalt, das sie fast durch die Vorderseite ihres Kahnes stieß. Da lagen sie eng in den Winkel der hölzernen Spitze gepreßt und fingen nach einer Weile des Staunens an zu atmen mit ihrem kleinen selbstsüchtigen Atem und genossen sich im Halbschlaf. Sie hatten wieder ihr Recht als Lebewesen, daß sie eine von sich aus bewegte Form von Existenz darstellen. Wenn sie den Arm hoben, geschah es nicht, ohne die Luft in ihren weiteren Schichten zu erschüttern, während freilich immer noch unsichtbare Kräfte und stärker wie sie diese selbe Luft nach allen Richtungen durchschwangen, unabhängig von einem etwa mechanischen Schwanken der Luftteilchen ihren Weg fortsetzten; sie durchliefen die Menschen als ein Objekt, aber die spürten es nicht mit ihren Sinnen und nannten sich Krone der Schöpfung. Was sie spürten in diesem Augenblick, war, daß sie sich aufrichteten, einander ansahen mit Augen der Kreatur, und die noch so bar waren von Menschenwitz, daß Menschen dafür keinen anderen Namen erfanden als den der Blödheit. Sie stießen unbehilflich aneinander, betasteten sich. Sie redeten sich mit einem Namen an, wobei sie seufzten, und waren gedemütigt voreinander. Allmählich richteten sie sich wieder ein in ihrem Boot wie irgend Lebewesen von kleinerem Kaliber. Sie dachten nicht darüber nach, daß keiner von ihnen das, was er soeben erlitt, in sich aufgenommen hatte mit deutlicher Wahrnehmung, daß keiner den Hergang der Ereignisse auf genaue Fragen hin etwa beschreiben konnte. Schon hatten sie wieder vergessen, wie blind sie waren. Sie befriedigten die Bedürfnisse von Fleischstükken, aus denen der menschliche Leib sich zusammensetzt. Sie betteten diese Dinge, die in einem erprobten Zusammenhang aneinandergefügt waren, auf den Holzboden des Kahns, damit sie durch einen neuerlichen Schlaf sich völlig wieder zurückfänden aus dem Entsetzen und der Erschöpfung des Fleisches. Keinen anderen Weg wußten sie, um die Angst vor den Elementen völlig auszutilgen in ihrem Gedächtnis, keinen als diesen, daß sie sich abermals an eine Naturkraft überlieferten, die ihnen aber etwas Vertrautes hatte durch die Gewohnheit und die sie mit einem üblichen Namen Schlaf nannten. So lagen sie mit gelösten Gliedern und bereiteten ihre Kräfte. Sie träumten, sie sogen an ihrem Selbst, und mit der Zeit gab es ihnen manchen nüchternen Gedanken ein.

Der verschollene Verbrecher X

Der geängstigte Mensch hat sich heute im Kampf der Geschlechter eine verzweifelte Haltung von prinzipieller Abwehr, angeblicher Sicherheit und Tyrannei zugelegt, mit der er seine Mitgeängstigten zu übervorteilen versucht. Die Liebe wird zu einer platten Bedürfnisfrage gestempelt. Das typische Liebeserlebnis der Städte spielt sich quälend in einer Art luftleerem Raum ab. Man kann sich nicht weiter vom gesunden Willen der Rasse entfernen. Die Gesichter, denen man auf allen Straßen begegnet, sind auch danach. Ich glaube, daß auf der ganzen Linie wieder geheiratet werden muß. Die Menschen müssen wieder ausschwingen nebeneinander. Erst die Zugehörigkeit gibt den Liebesbeziehungen eine ausgleichende Schwerkraft zurück. Man muß sich wieder einen suchen, bei dem man bleiben kann. Bei der Auswahl wird sich für uns arbeitende Frauen eine Hauptschwierigkeit ergeben: Bei den einen geht es einem gut, aber man geht im Liebeswillen nicht bis ins Letzte mit; bei den andern ist es im Täglichen nur sehr schwer auszuhalten, aber sie bedeuten einen Auftrieb.

Hier werden sich die Geister scheiden; es kommt nun darauf an, welchen Typ man letzten Endes aus sich machen will, die große Dame, die sicher in diese reale Welt und auf sich selbst gestellt ist, oder die große Liebende, die ihre Abgründe im Erlebnis will, selbst wenn es dabei nicht ohne Fetzen abgeht. Man kann dafür mit gutem Namen sagen Carola Neher oder Marieluise Fleißer.

Damit habe ich mein Wesentliches angegeben. Ich würde niemals um der äußeren Sicherheit willen einen Mann heiraten, auf den ich nicht durch Rasse stark eingestellt bin. In anderen Dingen werde ich mich gelegentlich einrichten, in Dingen der Rasse niemals. Wenn man es überhaupt beisammen aushalten soll, muß man sich immer wieder gehörig zusammenreißen und einander sozusagen die Sterne vom Himmel herunterholen können.

Mir ist auf die Dauer nur wohl neben starken Naturen, die noch möglichst nah am Volk sind und in ihrem Körper eine die Rasse vorwärtsstoßende Unruhe mit sich herumtragen; sie können sogar Gewaltnaturen sein, solange sie mich nicht absichtlich tyrannisieren.

Neben einem Mann, der seine Erlebnisse mit Frauen über einen Leisten schlägt, im Prinzip schon damit fertig ist – die Fertigkeit darf ein- für allemal noch so weltanschaulich durchfühlt sein –, fühle ich mich deplaciert. Das aus dem Bewußten Herkommende kann mir nicht genügen. Um zu wissen, daß ich richtig verbunden bin, brauche ich bei beiden Teilen den ruhig atmenden Gehorsam gegen die Einfälle der Natur; ich halte die Ehe für etwas Organisches; ein Mann muß mitwachsen.

Männer, mit denen ich einen Zusammenhang durch Artverwandtschaft spüre, sind:

– der amerikanische Filmdarsteller Hoot Gibson. Sein Humor ist niemals gemacht, man sieht ihn entstehen. Besonders nah ist er mir in jenen Augenblicken, wo er zu lachen anfängt.

– Alfred Kerr wegen der in seinen Arbeiten immer wieder erwiesenen auffallend männlichen und gesundwüchsigen Einstellung zu den Frauen.

– Der Rennfahrer Ashby. Ich habe mir beim Bäderrennen seine 20 Sekunden Tankzeit aus unmittelbarer Nähe angesehen, diese kaltblütige Ruhe und Beherrschung der Materie, obwohl durch den ganzen Kerl ein Schwung ging, mit dem ein anderer jahrelang fliegen würde. Ashby lacht auch sehr natürlich.

– Mein erster Freund, der heute verschollene Verbrecher X. Ich bin stolz auf ihn, solange ich lebe. Ich habe seitdem keinen Menschen gesehen, der im Vitalen so groß angelegt war. Eine Naturgewalt von der Art, wie ich mir Jack London vorstelle. Kraft für sieben auf einmal, er mußte immer Obacht geben, daß er mich mit seinen Umarmungen nicht totdrückt, rücksichtslos geschickt in den körperlichen Dingen, schade, daß er auf nichts Bestimmtes trainierte, ein gefürchteter Fußballspieler, er konnte sich verstellen wie ein Tier. Durch Körpernähe bekam er eine unheimliche Macht über fremde Organismen. Ohne ihn gerade zu berühren, konnte er machen, daß ein Mensch umfiel, wie wenn kein Boden unter den Füßen wäre. Er zwang starke Tiere, daß sie auf ihn zuliefen, ich habe große Doggen in seinen Armen schweißgebadet vor Angst gesehen. In seine stumpfgefärbten Augen ließ er niemand hineinblicken. Mit seiner wilden Gewalttätigkeit und plötzlichen Bösartigkeit verband er in sich die feinfühligste Zartheit und eine kindliche Freude am Leben. Mit Frauen, die er leiden mochte, war er herrlich. Durch ihn lernte ich die Natur lieben, wir waren fast jede Nacht draußen allein mit den Geräuschen des überdunkelten Landes. Ich habe nie einen Menschen so inbrünstig mit der Natur verbunden gesehen, sein Schlafen war ein unbändiges Wachsen. Seine wenigen wahren Freunde hielten eisern zu ihm, obwohl schwer mit ihm auszukommen war wegen seiner tollen Unregelmäßigkeiten in der Lebensführung, wegen seiner krankheitsähnlichen Anfälle von Schwermut, wenn er in der Welt nicht genug Platz hatte und er es für notwendig hielt, sich durch eine böse Tat zu befreien.

An einen Jungen

Du glaubtest von zu vielem, daß es schön ist, sehntest dich nach der gesicherten Form der Arrivierten. Du warst jung und unruhig, dies war dein einziges Gesicht. Inzwischen kannst du mit bourgeoisem Gleichgewicht nichts mehr anfangen. Du glaubst einfach nicht, daß man auf diese Weise was können muß, dazu ist es dir zu dreckig gegangen. Du bist unwissend wie Adam, ein Anfang.
Fünfzehn Jahre geistiger Entwicklung sind der Welt abhanden gekommen. Die Fünfunddreißigjährigen existieren nicht, sind gefallen, vor sie dazu kamen zu zeigen, was in ihnen war.

Du hast die Aufgabe, einmal klar aus dir herauszustellen, was eigentlich noch da ist.

Hunger, Gefahr sind dein Tägliches, wenig Zeit für dich, der verbissene Wille zum Durchhalten auch in den Kleinheiten des Elends, letzte Kühnheit zu deiner absonderlichen Existenz eines geistig Produktiven, eine schmerzliche Schärfe gegen deinen Mitmenschen, da du ihn als deinen natürlichen Feind erkennen mußtest. Du findest bereits eine Richtigkeit darin, daß man dir weh tut und daß du wieder weh tust. Dein stolzes Abenteuer ist es, wenn du flink genug warst, darin einem anderen zuvorzukommen. Du lernst dich ausdrücklich an zu Grausamkeiten, dies ist dein Fluch. Aber du trägst ihn herrlich wie ein trainierter Körper seinen Sport. Denn natürliche Jugend ist in dir, jene eigentümliche schwingende Kraft des Abenteurers, daß er seine Lust dem Tag aus den Zähnen reißt und morgen wieder weiter muß.

Zehn Minuten vor Schluß

Bevor mit dem Fall des Vorhangs nach der Morgenaufführung meines »Fegefeuer in Ingolstadt« der große Applaus einsetzte, befand ich mich in einem seit Stunden anhaltenden und durch die natürliche Premiereneinstellung des Autors ausgelösten eigentümlichen Zustand von wachsender Leichtigkeit.

Ich hatte vorher bestritten, daß ich Premierenfieber haben werde. Ich hatte Premierenfieber verwechselt mit Angst. Aber gerade, daß ich *keine* Angst hatte, daß die privaten Beengtheiten und Hemmungen abfielen, war ein Symptom der vollständigen Übertragung in einen neuartigen Zustand, die sich vor einem menschendurchsetzten, undeutbar atmenden und flüsternden Raum in dem passiv gewordenen Organismus des Autors vollzieht. Obwohl ich in der dunklen Proszeniumsloge stillsaß, hatte ich in mir den deutlichen Eindruck einer rasenden Körpergeschwindigkeit, aber wie bei einem Körper, der von fremden Kräften bewegt wird. Besonders fiel mir auf, daß es sich dabei um etwas typisch anderes als um die rein nervöse Aufregung vor einer Entscheidung handelte.

Zum erstenmal erlebte ich am eigenen Leib, daß es so was wie eine Massenseele gibt. Die bestimm-

ten Erwartungen der hier zur Entscheidung zusammengekommenen, in ihrer Lust und Unlust vereinigten und machtbewußten Leiber scheinen sich zu einer eigentümlichen Ausstrahlung zu verdichten, die das Bestreben hat, den Autor als subjektives Lebewesen zur Zeit auszuschalten.
Damals hat sich in mir bei gleichzeitiger strömender Lockerheit der Nerven eine vorübergehende typische Gleichgültigkeit gegen den guten oder schlechten Ausgang durchgesetzt; die Einstellung eines Menschen, der seine Arbeit weitergegeben und den Zufällen überlassen sieht, der durch eigene Leistung nicht weiter auf die Entscheidung einwirken kann, die Einstellung eines Menschen, der einen Leidensweg geht und seine Seele davor bewahrt, daß sie in Verzweiflung fällt.
Wie sehr ein Mensch in diesem Zustand der Unruhe seinen sonst beherrschten Verwirrungen ausgesetzt ist, bewies mir mein Verhalten einige Minuten später, als der Veranstalter der Aufführung mich auf die Bühne holen kam. Trotz des anhaltenden Beifalls und obwohl man meinen Namen rief, weigerte ich mich von einem Moment auf den anderen, die Loge zu verlassen. Man sagte mir, daß ich den ganzen Erfolg schmeiße, wenn ich mich nicht zeige, wollte mich gewaltsam wegbringen, aber ich hielt mich am Türpfosten fest. Ich konnte den Grund nicht angeben, es war nicht

Scheu vor dem Publikum, ich hatte bloß das Gefühl, »daß alles ganz falsch wird, wenn ich hinausgehe«.
Erst, wie man mir ein bekanntes Gesicht zuführte, das mir gewissermaßen privat sagte: »Fleißer, jetzt müssen Sie auf die Bühne!«, wurde ich sogleich ruhig und ging mit.

Autobiographische Notiz

Ich entstamme einer geachteten Kaufmannsfamilie in Ingolstadt an der Donau. Während ich in die Mädchenschule ging, fiel im Laufe einer Prüfung einem aus München entsandten Inspizienten meine ungewöhnlich entwickelte Phantasie auf. Seitdem drängten meine Lehrerinnen meinen Vater, mir eine andere Ausbildung zu verschaffen. So wurde ich, zwölf Jahre alt, in ein Mädchenrealgymnasium in Regensburg gesteckt, das mit einem Internat verbunden war. Nach erfolgtem Abschluß studierte ich in München Literatur und Philosophie. Die mir aus dieser Laufbahn entstehenden Lehrbeamtenaussichten konnten mich indessen nicht befriedigen. Ich begann selbständig niederzuschreiben, was mich bewegte, anfangs in wildwuchernden freien Rhythmen, die ich später verbrannte. Dann in ausgesprochenem Gegensatz dazu in einer kargen, etwas traumhaften Prosa, die einige wenige Töne beharrlich und nachhaftend anschlägt. Diese Geschichten sind später unter dem Titel »Ein Pfund Orangen« im Kiepenheuer Verlag erschienen. Damals geriet mein Studium infolge der Geldentwertung in Bedrängnis. Es gelang mir, noch fast ein Jahr in München auszuharren. Als es gar nicht mehr anders ging, kehrte ich in die Kleinstadt zurück. Dort entstand mein erstes Stück »Fegefeuer in Ingolstadt«, das 1926 von der »Jungen Bühne« im Lessingtheater uraufgeführt wurde. Darauf schrieb ich die bekannt gewordenen »Pioniere in Ingolstadt«, die 1929 im Theater am Schiffbauerdamm, Berlin, uraufgeführt wurden und 43mal über die Bretter gingen. Ingolstadt ist in beiden Stücken nicht real, sondern als Symbol gedacht. Ich hatte von jeher brennendes Interesse für die Bühne, was sich in meiner Kindheit darin äußerte, daß ich vor geladenen Gästen Puppentheater spielte, worin ich Autor, Sprecher, Regisseur, Bühnenmaler und Requisiteur in einer Person war. Augenblicklich habe ich mich mehr der epischen Prosa zugewandt und bringe soeben im Gustav Kiepenheuer Verlag, Berlin, meinen ersten Roman heraus.

Marieluise Fleißer

NACHWORT

»Ich bin mir schmerzhaft bewußt, daß ich nur Trümmer geben kann, weil mir mein eigenes Leben nun eben zertrümmert wurde«, schrieb Marieluise Fleißer am 4. Oktober 1965 an Arno Schmidt. Mitte der 60er Jahre: das war jene Zeit, als man Marieluise Fleißer nach Jahrzehnten der Vergessenheit langsam wieder zu entdecken begann: 1963 – 31 Jahre nach ihrer letzten Buchpublikation – hatte der Hanser Verlag den Erzählungsband *Avantgarde* herausgebracht, und im Herbst 1965 war die Schaubühne am Halleschen Ufer mit der Absicht an die Autorin herangetreten, ihr Stück *Der starke Stamm* aufzuführen. Die Inszenierung – es handelte sich um die erste Wiederaufnahme 15 Jahre nach der wirkungslosen Uraufführung – entfachte das Interesse an Marieluise Fleißers Theaterstücken plötzlich neu. Anfang der 70er Jahre kam es zu einer regelrechten Fleißer-Renaissance, was 1972 zu einer dreibändigen Werkausgabe im Suhrkamp Verlag führte.

In ihr sollten neben den Theaterstücken auch die gesammelten Prosatexte aufgenommen werden. Doch es kam anders. Von den Erzählungen, die vor 1930 entstanden waren, ließ Marieluise Fleißer nur gerade sechs gelten. Hinzu kamen drei weitere aus den Jahren 1932-34. Bevor sie die

Texte passieren ließ, hatte sie sie jedoch gründlich überarbeitet. Was sonst noch von ihr erschienen war, wollte sie nicht wieder gedruckt sehen. Besonders problematisch erschien ihr die Erzählungssammlung *Ein Pfund Orangen*, die 1929 als ihr erstes Buch herausgekommen war. »Ich könnte die Wand hochklettern, wenn ich hineinschaue«, hatte sie schon am 24. Februar 1964 an Herbert Göpfert, den Lektor des Hanser Verlages, geschrieben. »Also da müßte ich noch sehr überlegen, was sich davon retten läßt und wie ...« Trotz eindringlichen Zuredens des Lektors war diese Skepsis nicht zu beruhigen. Als der Suhrkamp Verlag drei Jahre später mit dem gleichen Plan an Marieluise Fleißer herantrat, erhielt er ebenfalls eine Absage: »Der Haken ist dieser«, schrieb sie am 18. Februar 1967 an Elisabeth Hauptmann, »die Geschichten sind entsetzlich ungleich, ich hätte das Buch in dieser Form nie herausbringen dürfen, aber ich hatte ja niemanden, der sich wirklich mit mir abgab und mir sagte, was wirklich los war.« Auch für die *Gesammelten Werke* durfte es dann nur die besagte kleine Auswahl der neun frühen Prosatexte sein. Wenn es ohnehin nur Trümmer eines Werkes waren, was sie geben konnte, scheint sich Marieluise Fleißer gesagt zu haben, dann wenigstens keine Bruchstücke, sondern einigermaßen sauber zurechtge-

hauene Quader, die eine Ahnung dessen vermittelten, was hätte sein können.
Eine solche Ahnung vermittelten die Erzählungen sehr wohl, mehr noch: Sie ließen spüren, daß die Originalität und Menschlichkeit dieser Autorin so stark waren, daß man ihre Texte um etwaiger oder sogenannter Fehler willen eher mehr als weniger geliebt hätte. Daß Marieluise Fleißer nach der erbarmungslosen Härte ihres Schicksals ein entsprechendes Vertrauen kaum noch aufbringen konnte, erscheint indes ebenfalls verständlich. So respektierte Günther Rühle als Herausgeber der *Gesammelten Werke* denn auch ihren Wunsch nach Restriktion und ließ nach Marieluise Fleißers Tod eine Pietätsfrist von 15 Jahren verstreichen, ehe er 1989 zusammen mit Eva Pfister einen Nachtragsband zur Werkausgabe vorlegte, in welchem die ehedem weggelassenen Prosastücke enthalten waren. »Ohne Wertung und in der Reihenfolge des Erstdrucks«, so die Editoren in ihrer Nachbemerkung, seien hier »alle ›unterdrückten‹, das heißt in den *Gesammelten Werken* nicht aufgenommenen Zeitungsgeschichten zum erstenmal vollständig gedruckt« (GW IV, 576). Damit schien das Werk ›der Fleißer‹ endlich komplett.

In der Tat durfte man davon überzeugt sein, hatten es doch die Herausgeber des Nachtragsbandes an philologischer Sorgfalt keineswegs mangeln lassen, im Gegenteil. Wenn nun dennoch eine Reihe unbekannter Erzählungen zutage gekommen ist, so verdankt sich dies einem Zufall, der um so weniger vorauszusehen war, als Marieluise Fleißer selbst sich beharrlich über diese Texte ausgeschwiegen hat und auch im Nachlaß keinerlei Unterlagen dazu vorhanden sind. Daß sie die Existenz dieser frühen Arbeiten vergessen haben könnte, darf man mit Sicherheit ausschließen. Sie wollte wohl nicht daran rühren und mag die jungen Männer, die sie Ende der sechziger Jahre voller Enthusiasmus ins Rampenlicht zogen, mit unmerklicher Ironie durch ihr billiges Kassengestell angeblickt haben; daß jemand dermaßen uneitel mit dem eigenen Frühwerk umging, konnten die sich offenbar gar nicht vorstellen. Und wer würde schon auf die Idee verfallen, ausgerechnet die *Magdeburgische Zeitung* der Jahre 1926/27 durchzublättern, in der Hoffnung, dort Fleißer-Geschichten zu finden.

Und doch sind an diesem Ort mehr Texte von ihr erschienen als irgendwo sonst in jener Zeit: sechzehn Prosastücke innerhalb von eineinhalb Jahren, zwölf davon Erstdrucke, wovon acht bislang unbekannt waren. Marieluise Fleißer und die *Magdeburgische Zeitung* – wie ist diese Verbindung zustande gekommen?

Die Zeitung gehörte dem konservativen Spektrum an und vertrat im besonderen die Ziele der Deutschen Volkspartei, hatte aber für den Zeitgeist zumindest so viel Gespür, daß die Redaktion am 17. Januar 1926 verkündete, man werde »den unterhaltenden Teil der 2. Beilage« ausbauen, um, wie es hieß, »den Lesebedürfnissen besonders auch der Frau Rechnung zu tragen«. Die Lesebedürfnisse der Frau – sie seien gepriesen. Um ihnen gerecht zu werden, engagierte die Zeitung zwei neue junge Mitarbeiter, Bernard Guillemin und Walther Petry, beide gerade 28 Jahre alt. Letzterer war bereits als begabter Lyriker und Feuilletonist (dessen Arbeiten heute zu Unrecht vergessen sind) hervorgetreten, ersterer hatte sich seine Sporen im Hause Ullstein und als freier Mitarbeiter des *Berliner Börsen-Couriers* verdient. Guillemin wurde Leiter besagter Unterhaltungsbeilage, d. h. des Feuilletons, Petry Berliner Kulturkorrespondent. Täglich standen eineinhalb Seiten zur Verfügung, in der Wochenendausgabe sogar noch mehr. Und die beiden Jungredakteure nutzten ihren Freiraum. Dem ›Lese- und Unterhaltungsbedürfnis der Frau‹ boten sie Literatur vom Besten: ab Juni 1926 erschienen hier Texte von Robert Musil, Bertolt Brecht, Heinrich Mann, Alfred Polgar, Franz Blei, Robert Walser, Franz Hessel, Walter Benjamin, Ernst Weiß, Alfred

Döblin, Hans Henny Jahnn, Hermann Ungar, Leo Perutz, Kurt Tucholsky, Joseph Roth und vielen anderen – unter ihnen auch Marieluise Fleißer. Angesichts heutiger Feuilletonseiten mag einen der beschämende Gedanke beschleichen, daß die Lese- und Unterhaltungsbedürfnisse – wessen auch immer – von einem nicht unbedeutenden Niveauverlust betroffen zu sein scheinen.

Wie aber ist Marieluise Fleißer zum prominenten Kreis der Mitarbeiter gestoßen, die für die *Magdeburgische Zeitung* schrieben? Zur Klärung dieser Frage mögen einige Daten hilfreich sein: Am 25. April 1926 wurde *Fegefeuer in Ingolstadt* an der Jungen Bühne des Deutschen Theaters in Berlin uraufgeführt. Die großen Zeitungen der Hauptstadt reagierten einmütig positiv. Drei Tage später, am 28. April, schrieb Marieluise Fleißer an ihren Vater nach Hause: »Ich kann jetzt mit einem Verlag in eine Geschäftsbeziehung treten und mir zunächst einmal auf ein Jahr eine Monatsrente ausbedingen. Ich gehe nicht eher von hier weg, bis ich nicht einen Vertrag dieser Art in der Tasche habe.« In *Meine Biographie* aus dem Jahr 1972 liest sich dies wie folgt: »Sie erhält einen kleinen Rentenvertrag von Ullstein. Dazu Kommentar von Julius Elias: ›Das sind unsere Rennpferde, die lassen wir laufen.‹« (GW IV, 529) Vermittler dieses Rentenvertrages war Brecht, der seinerseits einen Kontrakt mit Ullstein hatte und im Magdeburger Feuilleton des ehemaligen Ullstein-Mannes Guillemin am 29. Juni 1926 zum ersten Mal vertreten war (mit dem Gedicht *Erinnerung an die Marie A.*). Marieluise Fleißers Debüt in jenen Zeitungsseiten datierte bereits auf den 5. Juni 1926.

Die Koinzidenzen dürften eindeutig sein. Die jungen Autoren-Rennpferde lieferten gegen monatliches Honorar dem Hause Ullstein Beiträge, die dann von Redakteuren, welche mit dem Verlag verbunden waren, gebracht wurden. Möglicherweise kannten sich Guillemin und Marieluise Fleißer sogar schon vom *Berliner Börsen-Courier*, wo 1925 drei Erzählungen von ihr gedruckt worden waren. Sicher ist darüber hinaus, daß die Texte von Ullstein via hauseigene Agentur vertrieben wurden; so erschien beispielsweise die Erzählung *Die List* auch in der *Neuen Badischen Landeszeitung*, und zwar einen Tag früher als in Magdeburg. Dies wäre nicht weiter bedeutsam, wenn daraus nicht geschlossen werden müßte, daß noch an vielen anderen Orten mit unbekannten Fleißer-Texten gerechnet werden kann, insbesondere für die Zeit von 1928 bis 1931, in der die Verbindung nach Magdeburg bereits wieder zum Erliegen gekommen war. Der Vertrag mit Ullstein fand jedoch erst 1931 auf Intervention von Hellmut Draws-

Tychsen ein Ende, und da Marieluise Fleißer in ihrem autobiographischen Abriß sich unter ebendieser Jahreszahl zu dem offenherzigen Satz »Sie schreibt schwache Arbeiten für Zeitungen« hinreißen ließ, darf man wohl noch mit mancher Überraschung rechnen.

Indes sind die vorliegenden Funde schon interessant genug, um eingehender betrachtet zu werden. Dies gilt nicht nur für Texte, die bis dato verschollen waren, sondern auch für solche, die man aus anderen Quellen kennt. So entstand beispielsweise der programmatische Aufsatz *Das dramatische Empfinden bei den Frauen* drei Jahre vor dem bisher bekannten Datum, d. h. nicht erst nach der Aufführung der *Pioniere*, sondern geraume Zeit zuvor (Erstdruck am 15. Mai 1927 in der *Magdeburgischen Zeitung*). Gleiches ist auch vom Aufsatz über Buster Keaton zu sagen, der ebenfalls schon aus dem Jahre 1927 stammt. In diesen Fragen wird der philologische Fleiß also noch für einige Zeit offene Betätigungsfelder finden.

Eine Befremdlichkeit, wenn nicht gar Rätselhaftigkeit wird allerdings bleiben, und zwar, wie es kam, daß in Marieluise Fleißers Nachlaß keinerlei Spuren jener frühen unbekannten Texte vorhanden sind.

Es ist offensichtlich, daß die Autorin mit der ihr

eigenen Gründlichkeit aufgeräumt hat. Sie wollte anscheinend nicht, daß diese Texte nochmals zum Vorschein kamen. Sie betrachtete sie als schnell geschriebene Arbeiten zum Geldverdienen, die auch formal auf den Zeitungsleser ausgerichtet waren und denen kein besonderer literarischer Wert zukam. Die Texte seien »ganz aus der Sekundär-Gattung der Zeitungsgeschichte zu betrachten, in der vor allem der Einzelfall, die belehrende Geschichte und das Sentiment betont werden« – so ihre Einschätzung in einem Brief an Günther Rühle (GW IV, 575). Hinsichtlich des kritischen Tons, der hier gegenüber der »Sekundär-Gattung« der Zeitungsgeschichte angeschlagen wird, ist man versucht zu sagen: Hier irrt die Dichterin. Sie unterschätzt sich – wieder einmal. Und sie unterschätzt das Medium, für das sie einst schrieb: die Unterhaltungsbeilage im Feuilleton. Die Kurzlebigkeit jener Spalten hat mit der literarischen Qualität des in ihnen Gedruckten in Wahrheit nichts zu tun. Ja, man muß fast sagen, daß Marieluise Fleißers Zeitungstexte, sofern sie zu ihnen später noch stand, durch ihre Bearbeitung in den sechziger Jahren eher verloren denn an Qualität gewannen. Stilistisch gehärtet und sachlich vereindeutigt, kam ihnen etwas vom Schwebenden, Frischen, Jugendlichen abhanden, das einst ihren Charme ausmachte.

Es ist unwahrscheinlich, daß Marieluise Fleißer dies nicht auch selbst gespürt hat. Hatte sie – so sei deshalb gefragt – nicht vielleicht auch andere Gründe, so restriktiv mit ihrem erzählerischen Frühwerk umzugehen? Es darf vermutet werden, daß es solche Gründe gibt, denn die neu aufgefundenen Texte lassen zum Teil weitaus tiefer in autobiographische Zusammenhänge blicken, als es Marieluise Fleißer später, nach ihrem niederdrückenden Schicksal, lieb sein mochte.

Da wären beispielsweise jene beiden Prosastücke *Die List* und *Das Buch, das nicht ging*, die verhältnismäßig unverstellt Episoden aus dem Zusammensein mit ihrem ersten Freund ›Jappes‹ alias Alexander Weicker erzählen. Weicker war ein Literat und Bohemien luxemburgischer Herkunft, eine aufschneiderische Schiebertype, der mit der jungen, unerfahrenen Marieluise Fleißer – sie war damals 18 Jahre alt und gerade erst dem Dasein eines Klosterzöglings entwachsen – umging, wie es ihm beliebte. »Wie eine Katze war er immer auf die Füße gefallen, die Not« – man schrieb das Jahr 1919 – »hatte es ihm gezeigt, er war wendig«, heißt es später im Prosatext *Schwabing* (GW IV, 317). Der Mann machte dunkle Geschäfte zwischen München, Berlin und Paris, ließ sich gerne als Autor eines wilden Romans *Fetzen* von jungen

Mädchen bewundern und hatte in Marieluise Fleißer eines gefunden, das sich besonders gut ausnutzen ließ.

Die List ist diesbezüglich ein speziell aufschlußreicher Text. Wie viele andere Fleißer-Erzählungen der damaligen Zeit beginnt er wie ein Märchen, wie ein böses allerdings: »Da war einmal ein böser Mann, der es von sich selber sagte ...« Gut denkbar, daß der Rückgriff auf diese Form durch Brecht angeregt worden war, propagierte er doch die Wiederbelebung einfacher, scheinbar unliterarischer und naiver Formen. In der Tat entsprach die ans Mündliche streifende, fast volkstümliche Gattung des (bösen) Märchens in vieler Hinsicht den unspektakulären Begebenheiten aus dem sogenannten kleinen Leben, die Marieluise Fleißer erzählte. Doch was schon Brechts Diktum besagte, daß nämlich einfache Leute keineswegs einfach seien, erweist sich exemplarisch in den scheinbar einfachen Fleißerschen Geschichten. Da ist also wieder einmal ein Mädchen, das zu warten gewohnt ist, zu warten auf einen bewunderten, geliebten Mann, um den all ihre Gedanken kreisen. Man kennt dieses Muster auch aus den Erzählungen *Der Apfel*, *Ein Pfund Orangen*, *Die Ziege*, *Die Stunde der Magd* und anderen. In *Die List* aber versinkt das Mädchen nicht in Resignation, sondern beginnt sich am Ende selbst zu entdekken. Das ist neu. Man darf vielleicht sogar so kühn sein zu sagen, diese Erzählung bezeichne eine Wende in Marieluise Fleißers Texten, eine Wende von den passiv erleidenden Frauengestalten zu denen, die ihr eigenes, aktives Selbstbewußtsein suchen – und bald auch finden.

Dies zeigt sich unter anderem schon an der Geschichte *Das Buch, das nicht ging*, die ebenfalls eine ›Jappes‹-Episode zum Gegenstand hat und in der die Frau an der Seite des literarisierenden Hochstaplers keineswegs mehr demütig leidend, sondern als leicht rätselhaft und vielleicht gar sinnlich-›verrucht‹ gezeichnet wird. Für die Entwicklung der Frauenfiguren und ihrer Beziehungserwartungen ist allerdings ein anderer Text aufschlußreicher, der den programmatischen Titel *Kameraden* trägt. Jede kleinste Geste und Regung ist darin bedeutungsgeladen und offenbart eine lauernde Ambivalenz im Verhältnis der Geschlechter. Da ist zum einen die beständige Drohung durch latente oder manifeste männliche Gewalt und ihr Äquivalent, die weibliche Furcht. Da ist zum anderen der schmale Grat, auf dem Mann und Frau zu wechselseitigem Vertrauen finden können. Da ist zum dritten die Voraussetzung dazu: daß die Frau sich aus dem Griff des Mannes zunächst losreißt.

Im übrigen hat auch die Erzählung *Kameraden* eine

deutlich erkennbare autobiographische Dimension. In der Figur des hundebändigenden Mannes ist erneut ›Jappes‹ zu erkennen, der indes auch einige Charakterzüge, insbesondere was die charismatische körperliche Präsenz betrifft, mit Bepp Haindl teilt, Marieluise Fleißers damaligem Verlobten und späterem Ehemann. Daß Kameradschaft mit einem solchen Typus Mann kein Idyll versprach, sondern – sofern sie Gleichberechtigung beinhaltete – ein Wagnis und Abenteuer blieb, war Marieluise Fleißer sehr wohl bewußt; doch sie bejahte dies Risiko geradezu emphatisch. Um so mehr galt dies für die Liebe und das, was möglicherweise aus ihr folgte: die Ehe.

Unter den neu aufgefundenen Texten figuriert einer, der in dieser Beziehung von geradezu sensationeller Direktheit ist: *Der verschollene Verbrecher X*, geschrieben als Antwort auf eine Umfrage zum Thema »Männer, die ich heiraten würde«. Daß der »verschollene Verbrecher X« ein weiteres Mal die Züge von ›Jappes‹ trägt, dürfte kaum zu leugnen sein; daneben fällt erneut die Ähnlichkeit mit Bepp Haindl ins Auge, dessen athletische Ausstrahlung der Roman *Mehlreisende Frieda Geier* später zur Genüge schildern wird. Hellsichtig vermerkt allerdings schon der vorliegende Umfrage-Beitrag, daß hinter solcher Körperlichkeit etwas Stumpfes, Dumpfes droht, die Banalität des plötzlich hervortretenden Bösen und Brutalen. Marieluise Fleißer hat demnach gewußt, was sie (auch) erwartete, als sie sich nach 1935 notgedrungen doch noch auf eine Ehe mit Haindl einließ. Möglich allenfalls, daß sie in den zwanziger Jahren ihre Kräfte gegenüber derartiger Männlichkeit überschätzte: »Ich glaube, daß auf der ganzen Linie wieder geheiratet werden muß« – vorsichtig war dies jedenfalls nicht gedacht.

Das kühne Selbstvertrauen, das aus diesen Zeilen spricht, hatte indes seinen Grund: Dem Ausbruch aus persönlicher Passivität und Befangenheit war auch ein beruflicher, d. h. literarischer Durchbruch gefolgt. Ab 1927 war den wesentlichen Literaturvermittlern des damaligen Deutschland klar, daß Marieluise Fleißer zu den vielversprechendsten Talenten der ersten Nachkriegsgeneration zählte. Diesen Ruf verdankte sie, wie man weiß, weniger ihren erzählerischen Texten als ihrem ersten Theaterstück *Fegefeuer in Ingolstadt*, dem die seltene Ehre zuteil geworden war, von den beiden exponiertesten Antipoden der Berliner Theaterkritik, Alfred Kerr und Herbert Ihering, gleichzeitig gelobt zu werden. Es mag daher von besonderem Interesse sein zu erfahren, wie Marieluise Fleißer selbst die Momente ihres ersten Erfolges erlebte. Als Beitrag zum Thema »Lampenfieber diesseits der Rampe«, das das *Berliner Tageblatt* verschiedenen Autoren zur Behandlung vorgelegt hatte, erschien am 12. Juni 1927 das Feuilleton *Zehn Minuten vor Schluß.* Auffallend auch hier das genaue Gespür für die Suggestionen des Leiblichen und der Masse. In diesen knappen Beobachtungen wird deutlich, daß Marieluise Fleißers Sichtweise Canettis *Masse und Macht* (dessen erste Anregungen ebenfalls in jene Zeit fallen) viel näher steht als Brechts damals bloß sportbezogenem Körperkult. Von Brecht, der sich, nach eigenen Worten, nach oben blamiert hatte, trennte sie auch das Verhalten angesichts eines Erfolges. Blieb er selbst in der Niederlage noch ein Stratege des Sieges, so war sie kaum in der Lage, dem Triumph, der wie eine fremde unheimliche Macht auf sie eindrang, aus eigener Kraft zu begegnen.

Nach außen indes war davon nichts spürbar gewesen – und so konnte sich ihr erster publizistischer Mentor, Stefan Großmann, uneingeschränkt freuen. Seine Zeitschrift *Tagebuch* hatte ›die Fleißer‹ zum ersten Mal gedruckt; bei der *Fegefeuer*-Premiere saß Großmann als Kritiker des *Montag Morgen* im Publikum und war erneut beeindruckt: »Das Stück wurde mit Teilnahme, zuweilen geradezu mit Andacht angehört«, schrieb er in der Ausgabe vom 26. April 1926 und schloß eine dialektische Betrachtung an: »Zuletzt überhäufte man die junge Dichterin mit Applaus. Einige Leute pfiffen. Aber das regte niemand auf, man hat sich an das beharrliche Unverständnis schon gewöhnt. Die Pfeifer, blieben sie fern, würden in dieser Versuchsbühne fehlen, sie sind die stumpfe Grundlage zum Enthusiasmus der anderen.«

»Jedenfalls war die von meinem Stück die erste Aufführung der Jungen Bühne, bei der [...] keine faulen Äpfel geflogen sind«, meldete Marieluise Fleißer ihrem Vater nach Hause (Brief vom 28. April 1926). Vater Heinrich mochte beruhigt sein. Einen aber wurmte dieser glatte Ablauf: Brecht. Und so mag er sich geschworen haben, beim nächsten Mal für den Skandal schon zu sorgen. Er tat es – doch dies ist eine andere Geschichte.

ANMERKUNGEN UND DRUCKNACHWEIS

Willys Unternehmung
in: *Magdeburgische Zeitung* vom 17.6.1926 (Nr. 310)
erneut in: *du*, Heft 635, 51. Jg. (1994), Nr. 2, S. 6-7

Das kleine Leben
in: *Magdeburgische Zeitung* vom 25.7.1926 (Nr. 372)
danach auch in: *Berliner Börsen-Courier* vom 2.12.1926
Der Text wurde von Marieluise Fleißer auch in ihren 1929 erschienenen Erzählungsband *Ein Pfund Orangen* aufgenommen (Berlin: Gustav Kiepenheuer Verlag 1929). Bei der Zusammenstellung der Werkausgabe schied sie ihn jedoch wieder aus, da der Stoff mittlerweile – quasi als Keimzelle – in eine umfangreichere, 1949 entstandene Geschichte eingegangen war. Diese trug zunächst den Titel *Die Witfrau*, erschien ab dem 23. November 1961 in drei Fortsetzungen im Ingolstädter *Donau-Kurier* und nimmt die Begebenheiten, die in *Das kleine Leben* erzählt werden, lediglich als

Ausgangspunkt einer umfassenderen Milieuschilderung. Im Erzählungsband *Avantgarde* figurierte dieser neue Text unter der Überschrift *Des Staates gute Bürgerin* (München: Carl Hanser Verlag 1963). Unter gleichem Titel fand er schließlich Eingang in den dritten Band der Werkausgabe (Frankfurt: Suhrkamp Verlag 1972, S. 169-188). Auch das Stück *Der starke Stamm* greift auf dasselbe Personal zurück.
Als biographischer Hintergrund ist ein Konflikt erkennbar, der sich zwischen Marieluise Fleißers Mutter und Großmutter abspielte.

Die List
in: *Neue Badische Landeszeitung* vom 17.7.1926 (Nr. 472)
danach auch in: *Magdeburgische Zeitung* vom 18.7.1927 (Nr. 359).
Vorbild des bösen Mannes, »der es von sich selber sagte«, ist Marieluise Fleißers erster Freund Alexander Weicker, alias ›Jappes‹, den sie um 1920 kennenlernte und der sich im Sommer 1922 aus Furcht vor polizeilicher Verfolgung aus München nach Paris absetzte. Die Erlebnisse mit ›Jappes‹ scheinen auch vier weitere publizierte Texte angeregt zu haben: die Erzählungen *Der Apfel* (GW III, 18-24) und *Die arme Louise* (unter dem Titel *Moritat vom Institutsfräulein*, GW III, 32-42), das Feuille-

ton *Mein Ludwig = Herr Wenninger* (GW IV, 30-32) sowie das Fragment *Schwabing* (GW IV, 316-319).

Das Buch, das nicht ging
in: *Magdeburgische Zeitung* vom 11.7.1926 (Nr. 346)
Dieser Text geht ebenfalls auf die Freundschaft mit ›Jappes‹ zurück, der 1921 bei Georg Müller ein Buch mit dem Titel *Fetzen. Aus den abenteuerlichen Chronika eines Überflüssigen* herausgebracht hatte.

Kameraden
in: *Magdeburgische Zeitung* vom 10.8.1926 (Nr. 401)
danach auch unter dem Titel »Der Hund« in gleicher Zeitung vom 27.12.1926 (Nr. 655).
Wiederum ein Prosastück, in dem Marieluise Fleißer auf Erlebnisse als Studentin in München, somit auf ihre Begegnung mit ›Jappes‹, zurückgreift. Im Fragment *Schwabing* heißt es von ihm: »Die Nacht machte ihn erst lebendig, er streifte viel im Freien herum.« (GW IV, 316)

Weg in die Landschaft
in: *Magdeburgische Zeitung* vom 20.3.1927 (Nr. 144), Beitrag zur Beilage »Erlebnis des Frühlings«

Zwischen Schlaf und Schlaf
in: *Berliner Börsen-Courier* vom 2.8.1925 (Nr. 357)
danach auch in: *Magdeburgische Zeitung* vom 29.1.1927 (Nr. 51), leicht verändert.
Stilistisch hebt sich der Text in auffälliger Weise von den anderen Geschichten jener Zeit ab. »Sie müssen kindlich schreiben«, hatte Brecht von Marieluise Fleißer gefordert; auf die Naivität komme es an, betonte er (GW II, 299). Zweifellos hat die junge Autorin den Rat nachhaltig befolgt. Einzig das vorliegende Prosastück verrät nichts von diesem Einfluß. Vielleicht gehört es deswegen zu jenen frühen Texten, die Marieluise Fleißer auf Feuchtwangers Verdikt hin, sie seien »expressionistisch«, vernichtet hat (GW IV, 493).

Der verschollene Verbrecher X
in: *Magdeburgische Zeitung* vom 18.12.1927 (Nr. 641), Beitrag zur Umfrage »Männer, die ich heiraten möchte«
Der »verschollene Verbrecher X« läßt erneut an Alexander Weicker alias ›Jappes‹ denken; zumindest sind die Parallelen zur Erzählung *Kameraden* unübersehbar. Von seiner latenten Gewalttätigkeit spricht auch das Feuilleton *Das Buch, das nicht ging.* Im Fragment *Schwabing* werden Weickers melancholische Anwandlungen ebenso erwähnt

wie die Tatsache, daß er Fußball spielte (vgl. GW IV, 316).
Zu Marieluise Fleißers ambivalenter Haltung gegenüber der Schauspielerin Carola Neher siehe die Erinnerungen *Aus der Augustenstraße* (GW II, 311).

An einen Jungen
in: *Magdeburgische Zeitung* vom 1. 1. 1927 (Nr. 1), Beitrag zur Umfrage »Die junge Generation – ihre geistigen Aufgaben«
Die übrigen Antworten stammten u. a. von Oskar Loerke, Heinrich Mann, Franz Blei, Gottfried Bermann-Fischer, Hans Henny Jahnn, Rudolf Kayser, Alfred Kerr, Friedrich Burschell, Herbert Ihering, Walther Petry, Klaus Mann, Alfred Neumann, Otto Gmelin, Oscar A. H. Schmitz, Paul Ernst, Rudolf Leonhard und Benjamin Cremieux.

Zehn Minuten vor Schluß
in: *Berliner Tageblatt* vom 12. 6. 1927 (Nr. 274), Beitrag zur Beilage »Lampenfieber diesseits der Rampe«
Fegefeuer in Ingolstadt wurde am 25. April 1926 an der Jungen Bühne des Deutschen Theaters, Berlin, uraufgeführt. In einem Brief an ihren Vater vom 28. April 1926 berichtet Marieluise Fleißer

über die Publikumsreaktionen nach der Premiere: »Ich weiß nicht, ob in Ingolstadt was über die Kritiken bekannt geworden ist, sie sind von den wichtigsten Zeitungen durchaus gut, wie mir gesagt wird [...]. Jedenfalls war die von meinem Stück die erste Aufführung der Jungen Bühne, bei der nicht wütende Zischkämpfe einsetzten und bei der keine faulen Äpfel geflogen sind. Bei mir haben nur zwei Leute gezischt« (zitiert nach Sissi Tax, *Schreiben, überleben. Ein biographischer Versuch.* Basel/Frankfurt: Stroemfeld/Roter Stern 1984, S. 69).

Autobiographische Notiz
in: *Der Bazar* (nähere Angaben unbekannt)
Der Text konnte bislang nicht näher lokalisiert werden; sein Wortlaut wird nach einer Kopie im Fleißer-Nachlaß (Stadtarchiv Ingolstadt) wiedergegeben.